Noah Fakier, Lutz Knoche

Lust und Emotionen

<u>Achtung</u>:

Die Ratgeberfunktion in diesem Buch bezieht sich ausschließlich auf die Wertung und Bewertung der Bisexualität. Über unveröffentlichte Fallbeispiele von Dr. Lutz Knoche, hat Noah Fakier erotische Geschichten geschrieben, die er mit viel Fantasie schriftstellerisch umgesetzt hat. Für die sexuellen Praktiken die in diesem Buch beschrieben werden übernehmen wir, für etwaige Schäden die bei der Nachstellung entstehen keine Verantwortung. Jeder ist für sich selbst verantwortlich. Insbesondere wurde auf die Benutzung von Kondomen in den erotischen Szenen aus dramatischen Gründen nicht explizit hingewiesen. In vielen Fällen sind sie aber unbedingt zu verwenden.

Falls sie unsicher sind, dann lassen sie sich dazu beraten.

AF187300

Herstellung und Verlag
BoD Books on Demand, Norderstedt
ISDN 9783750411906

Zu den Autoren

Der Autor Noah Fakier aus Berlin schreibt homoerotische und bisexuelle Liebesgeschichten. Seine Botschaft darin ist: Mit den Augen der Liebe sind alle Menschen schön und einzigartig. Egal woher sie stammen, welches Geschlecht oder Alter sie haben. Sie ist die universelle Glückseligkeit und damit eine treibende Kraft in unserem Leben. Dabei spielen in seinen Erzählungen die Erotik und Leidenschaft genauso eine natürliche Rolle, wie Gefühle, Sehnsucht, Abenteuer und Humor. Seine Zeichnungen zu diesen Themen, die er in vielen Geschichten zeigt oder als Kalender und Zeichenmappen veröffentlicht, erfreuen sich mittlerweile auch international immer größerer Beliebtheit. Seine Bücher „Die geheimen Geschichten aus 1001 Nacht" sowie „Lust und Emotionen" werden im Jahr 2021 auch in englischer Sprache erscheinen. und die Zeichenmappe „Männer I" wurden ein Bestseller in seinem Verlag. Zum vorliegenden Buch hat er die Zeichenmappe „Der Liebesreigen" herausgebracht.

#https://www.facebook.com/noah.fakier69

Der Autor Dr. Lutz Knoche aus Berlin vertritt in seinem Buch, „Human Traumata part I, Global coming out" die Auffassung, dass die Menschen seit ihrer Entwicklung weder ausschließlich monogam noch heterosexuell waren. Das Buch ist zurzeit in Deutsch, Englisch und Italienisch erschienen. Alle Menschen tragen evolutionäre Veranlagungen, körperlich wie emotional, in sich, die für ein sexuelles, vielfältiges Leben ausgelegt sind. Die Monogamie und die vorherrschende heterosexuelle Lebensweise ist für Dr. Knoche eine vorübergehende Fehlentwicklung.

https://www.facebook.com/lutz.knoche

Vorwort

Nur weil sich die meisten Menschen heute heterosexuell und monogam orientieren, heißt das nicht, dass es in ihrer Natur liegt. Vielmehr sind diese Verhaltensweisen und Denkstrukturen anerzogen. Es ist eben nicht so, dass sich jeder Mensch frei entscheiden kann, welchen Weg er bei der Erfüllung seiner sexuellen Wünsche und in der Liebe beschreitet. Vielmehr werden seine Entscheidungen von jahrtausendalten falschen festgelegten Normen und Glaubenssätze geprägt. Seit seiner Geburt ist er durch Familie, Gesellschaft, Religion, Gesetze und Kultur diesen Einflüssen ausgesetzt. Die wahre Natur der Vielfältigkeit der menschlichen Sexualität, wird deshalb von den meisten, aus Angst vor Ausgrenzungen, nicht auf sich selbst bezogen und oft verdrängt.

Eventuelle bisexuelle Erlebnisse werden häufig als Ausrutscher abgetan. Das ist besonders dramatisch, da viele Berichte bestätigen, dass die Bisexualität schon seit Beginn im Tierreich die dominierende Form der Sexualität war. So auch bei der Entwicklung der Menschen. Ihre heutigen Wünsche, Fantasien und Triebe sind ein Produkt der Evolution. Ganz natürlich und deshalb vorteilhaft für die menschliche Entwicklung. Die Evolution selbst ist immer auf Entwicklung gerichtet. Nur der Mensch ist das einzige Lebewesen, das sich gegen die Evolution bewusst stellen kann. Damit stört er oft seine eigenen Entwicklungsmöglichkeiten. Das ist massiv durch sexuellen Lehren der Religionen geschehen. Hundertausende von Jahren lebten die Menschen ihre Sexualität frei und offen aus. Wir waren weder monogam noch heterosexuell. Die Religion hatte uns dann in eine sexuelle Zwangsjacke gesteckt. Das war widernatürlich und führte uns bis heute in ein kollektives Trauma. Auch gegenwärtig prägt es immer noch unsere Glaubenssätze und Vorurteile. Selbst wenn die meisten gar nicht mehr religiös sind. Aber die Irrlehren über die Sexualität die damals verbreitet wurden, sind häufig immer noch präsent, oft, ohne dass es uns bewusst ist, woher das eigentlich kommt. Das hat viele negative Auswirkungen auf unsere Lebensqualität und Entwicklung. Darüber schreibe ich ausführlich in meinem Buch Human Traumata Teil I Global Coming out.

Jeder soll über seinen Weg frei bestimmen und gleichberechtigt in der Gesellschaft anerkannt werden. Und schon gar nicht soll er aus seiner Erziehung und den gesellschaftlichen Einflüssen heraus an sich selber zweifeln. Bis heute wird nur eine monogame Ehe gefördert, die erwiesener Maßen viele Menschen auf Dauer nicht glücklich macht. Dabei gibt es viele andere Möglichkeiten der Liebe und des sozialen Zusammenlebens. Aber in der Erziehung, Kultur und den Medien herrschen zum größten Teil immer noch die alten, falschen Normen und Vorurteilen. Von denen werden unsere eigenen Vorstellung und Gedanken geprägt. Auch wenn die falsch sind, so sind noch viele Menschen fest, ja teilweise sogar fanatisch, von ihrer Richtigkeit überzeugt. Das habe ich bei Angriffen auf mein Buch Human Traumata Teil I zu spüren bekommen. Doch immer mehr zweifeln diese Normen auch an.

Die sexuelle Erziehung wird sich ändern, die Kultur wird sich immer weiter öffnen und die alten Vorurteile werden abgebaut. Das ist die natürliche (göttliche), evolutionäre Entwicklung der sexuellen Vielfalt. Das lässt sich auf Dauer nicht aufhalten. Davon bin ich überzeugt.

Noah Fakier bricht deshalb aus der derzeit vorherrschenden falschen Moralvorstellung unserer Gesellschaft in seinen Geschichten aus. Er zeigt wie aufregend und wunderbar die Liebe in seiner ganzen Vielfalt sein kann. Ich kenne seine zauberhaften verbotenen Geschichten aus 1001 Nacht und bin sehr glücklich, dass er auch meine bisexuellen Geschichten in diesem Buch schriftstellerisch aufbereitet hat. Ich würde mir mehr solcher Bücher, Filme, Theaterstücke und vieles andere. wünschen.

Dr. Lutz Knoche

Inhaltsverzeichnis

8

Zeichenmappe „Der Liebesreigen"

- Miniaturauszug 1-

1. Der Liebesreigen

„Guten Morgen Leo", hörte ich im Halbschlaf, wie mit sanfter Stimme jemand zu mir sprach. Ich lag im Bett. Die Müdigkeit hielt noch meinen Geist in den Armen des Morpheus gefangen. Deshalb blinzelte ich nur ein wenig. Dabei sah ich, einen jungen Mann, der neben mir auf dem Bett saß. Er war nackt. Als er aus dem Bett stieg, strahlte mir ein kleiner Hinterns mit halbgeöffneten Pobacken entgegen. Aber nur so lange, wie er unmittelbar in der Höhe meines Blickfeldes war. In seiner Furche sah ich zarte Flaumhaare. Mit unwiderstehlichen Drang verbreitete sich in mir der Wunsch, mit den Fingern durch seine Furche zu fahren. Da er sich aber von mir fortbewegte, konnte ich ihn nicht erreichen. So sah ich ihn neugierig nach. Ich sah ihn nur von hinten. Er hatte schwarze Haare, eine breite Schulter, die wie ein V bis zu einer schmalen Taille führte. Dann folgte ein kleiner knackiger Po, unter dem zwei muskulöse Oberschenkel zu sehen waren. Er hatte eine jugendliche und schlanke männliche Figur. Dazu eine sehr glatte, zarte hellbraune Haut. Während er durch das Zimmer lief, spannten sich die Muskeln seiner Pobacken. Das sah sehr aufreizend aus. Blinzelnd verfolgte ich ihn, bis er hinter einer Tür verschwand. Ich wurde ein bisschen traurig, als er nicht mehr zu sehen war. Dann aber hörte ich das Rauschen einer Dusche. Aha, anscheinend war er im Bad, dachte ich. Durch das monotone Geräusch des Wassers und die beruhigende Gewissheit, dass er doch nicht fortgegangen war, wurde ich wieder schläfrig. Meine Augenlider schlossen sich, während ich leise vor Zufriedenheit grunzte. Im Halbtraum sah ich nun diesen schönen nackten Mann. Das erregte mich. Mein Glied stieg dabei langsam zur vollen Größe auf und stand zum Schluss steif an meinem Bauch. Ich genoss diese aufsteigende Erregung in diesem wunderbaren Traum.

Plötzlich aber riss ich die Augen weit auf, denn mir wurde klar: Das ist kein Traum! Wo war ich? Wer ist der junge Mann überhaupt, der da nackt aus meinem Bett gestiegen war? Und warum freute ich mich darüber? Ich wurde schlagartig wach und schaute mich im Raum um. Ich war in einem Hotelzimmer. Schnell stand ich auf, lief zum Fenster und sah auf die Straße. Dieser Ort war mir bekannt. Ich befand mich im Schlosshotel. Aber wie kam ich hier her, und noch dazu in so einer Situation? In mir machte sich Panik breit. Das war neu für mich und ich wusste erstmal nicht, was ich dagegen tun konnte. Ich fühlte mich so hilflos wie noch nie in meinem Leben. Mein Erinnerungsvermögen hatte Lücken und ich versuchte den gestrigen Tag Stück für Stück zu rekonstruieren. Zuerst schlugen meine Gedanken Purzelbaum und ich wusste erst recht nicht, was passiert war. Dann aber riss ich mich zusammen. Ich versuchte, ruhiger werden, in dem ich gleichmäßig atmete. Das half mir. Mit der Zeit beruhigte ich mich. Meine Gedanken ordneten sich und bald konnte ich mich an den gestrigen Tag erinnern.

Gestern war Samstag und ich hatte mich von meiner Frau und den beiden Kindern am Vormittag verabschiedet. Sie fuhren wie geplant über das Wochenende zu meinen Eltern aufs Land. Eigentlich wollten wir alle zusammen fahren. Aber am Tag zuvor suchte mich ein wichtiger Klient in meinem Architektenbüro auf. Er übergab mir einen Stapel von Unterlagen. „Ich will dieses Objekt kaufen. Da es noch mehr Interessenten gibt, brauche ich dringend bis Montag ein Gutachten von dir.“ Erklärte er mir. Es war ein wichtiger Kunde. In dieser Situation konnte ich nicht nein sagen.

Deshalb wollte ich am Wochenende das gewünschte Gutachten erstellen. Dadurch platzte der Plan, mit der Familie gemeinsam zu meinen Eltern zu fahren. Den geplanten Besuch zu verschieben, wollten wir aber nicht.

Die Eltern hatten sich auf unseren Besuch vorbereitet und freuten sich schon sehr darüber, wieder einmal zwei Tage, mit ihren Enkeln zusammen sein zu können. Und auch die Kinder waren schon ganz aufgeregt und erzählten die ganze Woche davon. Die Eltern hatten ein Haus am Wald, einen großen Garten, Hühner, Kaninchen, eine Katze und ein Hund. Das war für unsere Beiden ein kleines Paradies. So fuhr meine Frau Sophie diesmal mit den Kindern ohne mich, zu den Eltern aufs Land.

Als ich mich von ihnen am Samstagmorgen verabschiedete, wurde mir etwas schwer ums Herz. Ich hatte meine Mutter und mein Vater auch schon länger nicht gesehen. Bei ihnen wuchs ich behütet und glücklich auf. Für mich waren es die besten Eltern der Welt. Dafür war ich ihnen dankbar. Auch heute noch bin ich gern bei ihnen. Außerdem hatte ich mich schon auf ein Wiedersehen mit meinem alten Schulfreund Kai gefreut. Wir waren damals die besten Freunde. Nach der Schulzeit trennten sich unsere Wege. Trotzdem blieben wir in Verbindung. Jedes Mal, wenn wir uns sahen, war es so, als hätten wir uns gestern erst gesehen. Ich rief ihn an: „Kai, Hallo, ich kann heute leider nicht mit zu meinen Eltern kommen. Das heißt, wir können uns nicht treffen. Tut mir sehr leid, aber ich habe einen wichtigen Auftrag rein bekommen. Da muss ich am Wochenende arbeiten."
„Schade ich habe mich schon sehr darauf gefreut. Wenn es nicht geht, dann eben beim nächsten Mal. Lass aber diesmal nicht wieder so lange auf dich warten." Antwortete er. „Ja wir werden uns bald sehen. Ich verspreche es dir.

Beim nächsten Mal bringe ich auch mehr Zeit mit." Sagte ich noch. Dann verabschiedeten wir uns.

Gerne wäre ich heute mitgefahren. Ich schaute deshalb meiner Familie wehmütig nach, wie sie sich langsam das Auto von mir entfernte in dem sie saßen, bis es aus meinem Blickfeld verschwand. Dann lief ich gleich ins Haus. Ich hatte mir die Unterlagen des Kunden mit nachhause genommen, um keine Zeit zu verlieren. So lag der Stapel an Papieren auf meinem Schreibtisch im Arbeitszimmer. Ich sah sie durch und bewertete sie. Die Arbeit hatte ich dann doch schneller erledigt als gedacht. Am Nachmittag war ich damit fertig. Meine Frau hatte mich auch schon angerufen und die Ankunft bei meinen Eltern bestätigt.

Als ich danach im Wohnzimmer stand, fragte ich mich: Wann war ich eigentlich das letzte Mal allein zuhause? Ich erinnerte mich nicht mehr. Meistens, wenn ich von Arbeit kam, war die ganze Familie schon da. Kurz flammte in mir der Gedanke auf, ihnen nachzureisen. Am späten Abend wäre ich dort. Ich liebte meine Familie, war aber in diesem Moment letztendlich doch froh darüber, mal für mich alleine zu sein. Zumal ich meinen Freund Kai auch nicht mehr treffen konnte. Er hatte mich an diesem Nachmittag zu sich eingeladen, weil er sich danach ebenfalls auf eine Reise begab. Also verwarf ich den Gedanken ihnen hinterherzufahren. Stattdessen öffnete ich eine Flasche Rotwein und goss mir ein Glas ein. Erst hob ich das Glas und betrachtete die rubinrote Farbe des Weines im Lichterschein. Dann roch ich genüsslich daran. Es roch fruchtig und etwas süßlich. Das gefiel mir, denn ich liebte süßen Wein. Danach setzte ich mich in meinen bequemen Sessel und lauschte in die Stille hinein.

Dann hob ich erneut das Glas und sagte: „Zum Wohl." Auch wenn ich alleine war, so wollte ich doch wenigstens im Gedanken mit meiner Familie und meinem Freund anstoßen. Dann las ich in dem Buch „Human Traumata part Global coming out." Es war ein fesselndes Buch und so holte ich es immer wieder mal hervor, um einige Abschnitte darin, zu lesen. Es war ein Aufklärungsbuch für Erwachsende. Aber auch mein Sohn und meiner Tochter würde ich es spätestens mit 13 oder 14 Jahren zum Lesen geben. Als ich es heute las, dachte ich an meinen Freund Kai.

Wir waren dreizehn Jahren alt, da spielten wir gemeinsam im Heuschuppen. Plötzlich sah ich, dass Kai in seiner Hose ein Zelt gebaut hatte. „Was ist mit dir?" Fragte ich und schaute runter auf diese unübersehbare Erhebung, zwischen seinen Beinen Ich glaube, ich bin ein Mann geworden. Gestern Nacht bin ich erwacht. Mein Penis war steif und meine Hose war ganz nass." „Zeig mal, wie sieht er denn aus, wenn er steif ist?" Forderte ich ihn auf. Kai zog vorsichtig seine Hose runter. Da sprang plötzlich ein harter Knüppel hervor. Erst erschrak ich, aber dann wurde ich neugierig. „Was ist denn das? Das sieht aufregend aus." Sagte ich und schon griff ich danach. Sofort zuckte das Glied in meiner Hand. Und Kai stöhnte. Das machte mich unsicher und ich ließ gleich wieder davon ab. Kai aber sagte: „Fass ihn wieder an. Das war sehr schön." Also tat ich es. Nun ließ ich mich nicht mehr erschrecken. Im Gegenteil, ich ließ ihn kräftig in meiner Hand zucken und bestaunte die riesige Kraft, die dieses Ding dabei hatte. Auch sah ich in Kais Gesicht, wie er es aufgeregt verzog und dabei stöhnte. „Oh ja das ist schön. Geh noch ein bisschen mit deiner Hand hoch und runter." Forderte er mich auf. So hatte ich ihn noch nie erlebt.

Also tat ich ihm den Gefallen. Seine Erregung dabei ließ mich nicht kalt und mir wurde ganz komisch. Schließlich zuckte sein hartes Glied noch einmal stark. Er stöhnte laut und dann kam der Samen aus ihm herausgespritzt. Das war das Aufregendste, was ich je erlebt hatte. „Das war Wahnsinn." Rief ich freudig. „Das kann man wohl sagen." Antwortete Kai etwas erschöpft. Ich hätte nie gedacht, dass es an diesem Tag noch etwas Aufregenderes geben kann. Aber da hatte ich mich getäuscht. Nach kurzer Zeit schaute mich Kai erstaunt an. „Du hast ja auch ein Zelt in deiner Hose!" Rief er erstaunt. „Ja mir wurde so komisch, als ich dich so erregt gesehen habe. Ich glaube, ich habe jetzt auch einen steifen Penis. Glaubst du, ich werde jetzt auch ein Mann?" Fragte ich ihn. „Komm, zieh deine Hose runter. Vielleicht kannst auch du dieses Wahnsinnsgefühl heute noch erleben. Das wäre doch super cool, wenn wir beide am gleichen Tag Männer werden." Antwortete Kai aufgeregt. Also zog auch ich meine Hose runter. Sogleich griff er nach meinem erregten Glied. Er nahm es fest in die Hand und fuhr damit immer hoch und runter. Ich glaubte, den Verstand zu verlieren. Was war das? Das war unglaublich. Ich stöhnte vor Erregung. Und hielt es kaum noch aus. Mein harter Knüppel in seiner Hand bewegte ich jetzt, in dem ich mein Becken vor und zurückschob. So das sich mein Glied noch stärker in seiner Hand bewegte. Schneller, schneller rief ich erregt." Und rutschte wie wild hin und her. Bald aber kam es über mich. Der Samen drückte langsam in meinem Glied nach oben. Kurz dachte ich, die Besinnung zu verlieren. Aber im letzten Moment fing ich mich wieder und spritzte gewaltig meinen ersten Liebessaft heraus. So erlebte ich meinen ersten überwältigenden Höhepunkt. Dabei zuckte mein ganzer Körper.

Dann brach ich erschöpft zusammen und lag, alle Viere von mir gestreckt, im Heu. „Oh man, das ist der absolute Hammer. Meinst du, dass es immer so ist? Rief Kai begeistert, aber auch etwas unsicher. „Ich denke schon. Warum soll es in Zukunft nicht mehr so sein?" Antwortete ich.

Dieser Tag war so aufregend und wunderschön. Die darauffolgenden Jahre waren es ebenfalls. Wir waren verrückt danach und ließen keine Gelegenheit aus, uns auf diese Art und Weise zu vergnügen. Als Blutsbrüder schworen wir, uns nie trennen. Aber manchmal kommt es dann doch anders, als man sich das in diesem Alter vorstellt. Als wir die Schule beendet hatten, ging ich fort und studierte. Danach zog ich nach Berlin und Kai blieb im Heimatort.

Während ich im Buch las, dachte ich an ihn und den Heuschuppen. Da stieg allmählich die Erregung in mir auf. Mein Glied fing an zu pumpen und wurde immer größer. Mit jeder zuckenden Bewegung schoss durch meinen Körper ruckartig ein starker Glücksschauer. Ich liebte diese Zeitspanne, wenn sich mein Glied langsam aufpumpte, bis es die volle Größe erreicht hatte. Das verschaffte mir einen wunderbaren Dauergenuss. Mein Körper war schon willenlos in diesem wonnevollen Schleier eingehüllt, da legte mich genüsslich zurück, spreizte die Beine und ließ es einfach geschehen. Heute war ich wieder mal ungestört und hatte viel Zeit dafür, diese geilen Gefühle richtig auszukosten. So schwebte ich auf einer lustvollen Wolke der Glückseligkeit. Ich hatte eine Hand in den Schritt gelegt und streichelte sanft meine immer größer werdende Beule. Nachdem in der engen Hose der gesamte Zwischenraum ausgefüllt war, begann mein Zauberstab kräftig zu zucken.

Er hatte die volle Größe noch nicht erreicht und wollte sich noch mehr Platz verschaffen. Diesen dramatischen, erregenden Kampf in meiner Hose, ließ ich eine Weile freudig über mich ergehen. Nach einiger Zeit hielt ich es aber dann auch nicht mehr aus und hatte vor, ihn aus seiner Enge zu befreien. Mein mächtiges Glied sollte majestätisch an mir empor stehen. Nur er und meine Hand sollten für eine Weile der Mittelpunkt meines Lebens sein. Oh, ich werde mich genüsslich und langsam in die Glückseligkeit katapultieren, bis es dann nach langer Zeit gewaltig über mich kommt, nah ich mir vor. Sophie hatte die letzten zwei Tage mit der Reisevorbereitung zu tun und war am Abend müde. So hatte sich viel Samen in mich angestaut. Den wollte ich heute verschwenderisch unaufhörlich aus mir heraus spritzen lassen. Dabei wollte ich meinen Körper wollüstig winden und laut dabei stöhnen. Heute hörte es ja keiner. Langsam macht mich diese Vorstellung ganz wild. Jede Zelle meines Körpers sprang schon lustvoll im Kreis herum und wurde immer schneller. Eine orgastische Vorfreude hatte mich völlig in Besitz genommen. Ich hielt es nicht mehr aus und griff an meine Hose, um sie zu öffnen.

Gerade dachte ich, heute werde ich den Dildo von Sophie wieder einmal reichlich für mich in Anspruch nehmen. Da habe ich den doppelten Genuss und kann, so lange ich will meine Lust befriedigen. Hoffentlich hat sie ihn nicht mit zu meinen Eltern genommen. Da fing plötzlich mein Magen an zu knurren. Das hörte nicht auf. Es wurde immer lauter und die wunderbaren Gefühle der Erregung wurden immer schwächer. Muss das denn gerade jetzt sein, dachte ich ärgerlich.

Da fiel mir ein, dass ich bis auf das gemeinsame Frühstück mit meiner Frau und den Kindern, an diesem Tag noch nichts weiter gegessen hatte. Der Wein wirkte deshalb schnell und ich war beschwipst. Es wird höchste Zeit endlich feste Nahrung zu mir zu nehmen, denn mit knurrenden Magen werde ich meine geilen Gefühle auch nicht richtig genießen können, dachte ich. Also verschob ich das auf Später.

Da es mir dann mit der Zeit doch zu still im Haus war, beschloss ich, in die Stadt zu fahren um etwas zu essen. Dabei verspürte ich eine freudige Erwartung, bei dem Gedanken endlich wieder einmal einen Döner zu essen. Sophie aß so was nicht. Es war die beste Gelegenheit, etwas zu unternehmen, wonach mir zu Mute war, ohne dass ich auf jemanden Rücksicht nehmen musste. Ich fühlte mich wohl bei diesem Gedanken und beschloss, meine kleine Freiheit zu genießen. Nach dem Wein, den ich reichlich getrunken hatte, ließ ich das Auto stehen. Da es schon spät war, setzte ich mich in die U-Bahn und fuhr zu meinen Lieblingsdönerstand. Die Bahn war der kürzeste Weg dorthin, aber wieder einmal war die Strecke gesperrt und ich wurde genötigt zweimal umzusteigen, um an mein Ziel zu kommen. Deshalb Verspätete ich mich.
Als ich dann endlich ankam, begann gerade in diesem Moment jemand die Läden zu schließen. Als ich näher kam, erkannte ich ihn. Es war der junge Mann, der mich immer besonders freundlich begrüßte, wenn ich mal am Dönerstand war. Obwohl er jung aussah, war er der Chef hier. Wir wechselten schon öfter ein paar Worte, wenn ich bei ihm war. Ich hatte bemerkt, dass er mir immer eine extra große Portion zubereitete: „Hier dein Spezial Döner.“ Sagte er dann jedes Mal.

Dabei lächelte er mich an wobei seine strahlendweißen Zähne zum Vorschein kamen. Vielleicht war es seine Freundlichkeit, warum ich immer wieder diesen Stand aufsuchte. Aufgrund dessen witterte ich eine Chance, doch heute Abend noch meinen Döner von ihm zu bekommen. Jetzt bemerkte er mich. Er sah, wie ich im Eilschritt zu ihm lief und ihn schon von weitem zuwinkte. Deshalb wartete er bis ich bei ihm war. „Möchtest du noch was?" Fragte er lächelnd, als ich vor ihm stand. So freundlich wie er mich ansah, vermutete ich, dass er mich erkannt hatte, obwohl ich schon lange nicht mehr da war. „Ja, ich habe Hunger und hatte heute wieder einmal Lust auf einen Döner. Die U-Bahn war ausgefallen, deshalb komme ich so spät. Lass mich jetzt bitte nicht hängen. Ich habe mich schon so sehr auf deinen Spezial Döner gefreut." Antwortete ich, noch ein wenig außer Atem.

Der junge Mann, der, obwohl etwas dunkelhäutig, sicherlich türkischer Abstammung war, wie die Meisten, die ein Dönergeschäft führten, strahlte mich mit seinen dunkelbraunen Augen an und sagte freundlich: „Na verhungern lassen werde ich dich nicht. Wir Männer müssen doch zusammenhalten." Durch diese Antwort fühlte ich mich gleich mit ihm verbunden, weil wir ja zwei Männer waren. „Komm aber nach hinten, denn den Kiosk schließe ich jetzt. Du bekommst deinen Spezial- Döner." Sagte er und lachte dabei.

Ich freute mich und lief schnell hinter den Kiosk. Er öffnete mir die Tür. Ich trat ein. „Ich heiße Omar." Begrüßte er mich „Und ich Leo." Antwortete ich. Nachdem wir uns vorgestellt hatten, begann er gleich, das Essen zu zubereiten. „Ich habe schon was vorbereitet, denn auch ich habe noch nichts gegessen.

Es ist schön, wenn ich das nicht alleine tun muss. Lass uns gemeinsam gemütlich Speisen. Setzt dich schon hin. Das Essen kommt gleich." Sagte er und deckte für uns den Tisch. Schnell hatte er eine kleine Tafel mit Fleisch, Salaten und Snacks, Besteck, Servietten und Kerzen eingedeckt. Es sah einladend aus und ich war gerührt, wie er sich bemühte, ein für uns fasst romantisches Ambiente zu zaubern. Beim Essen redete er ohne Pause und stellte mir viele Fragen. Seine Neugier und die Art wie er mich anstrahlte und wohlwollend fixierte fand ich schon ein wenig ungewohnt aber auch schmeichelhaft. „Hast du eine Freundin?" Fragte er und ich antwortete „Ja, ich habe eine Frau und zwei Kinder. Die sind aber übers Wochenende zu meinen Eltern gefahren." „Oh, du siehst so jung aus und hast schon zwei Kinder?" Fragte er erstaunt. „Ich bin ja auch noch jung." Kokettierte ich mit ihm ein weinig. „Ja, das bist du und sehr hübsch dazu." „Du aber auch." Gab ich das Kompliment zurück und wusste gar nicht, warum ich das überhaupt gesagt hatte. Aber dieser junge Mann hatte eine so selbstverständliche Art mit Komplimenten umzugehen, dass ich nichts dabei fand, ihm ebenfalls eins zurückzugeben. Zumal er ja wirklich sehr hübsch aussah. Nachdem wir gegessen hatten, erhob er sich vom Tisch. Als er so direkt vor mir stand, während ich saß, bemerkte ich, dass er eine ziemlich große Beule in seiner Hose hatte, die unmittelbar in meinem Gesichtsfeld unausweichlich für mich sichtbar war. Er trug eine enge Jeans, in der sich die große Erhebung besonders deutlich abzeichnete. In dem Alter ist man voller Energie und hat eben mal seine Nöte. Besonders wenn man gerade gut gegessen hat und sich rundum wohl fühlt, dachte ich. „Kann ich sonst noch etwas für dich tun?" Fragte er lächelnd. Ich antwortete: „Danke, ich bin vollkommen gesättigt.

Es hat mir sehr gut geschmeckt." „Na dann räume ich mal den Tisch ab." Sagte er. Ich hatte das Gefühl, als ob in seiner Stimme eine leichte Enttäuschung zu hören war. Hatte ich irgendwas Falsches gesagt? Versuchte er mit dieser Frage anzudeuten, dass er noch etwas länger mit mir zusammen sein wollte? Und ich Idiot habe ihm ungewollt eine Abfuhr erteilt, dachte ich. Schnell stand ich auf und half ihm beim Abräumen des Tisches. Als wir fertig waren, überfiel mich ein trauriges Gefühl. Es fiel mir schwer, mich von ihm zu trennen.

Er war sehr freundlich und sympathisch und ich fühlte mich wohl bei ihm. Deshalb schlug ich ihm vor: „Du hast mich so herzlich bewirtet. Ich würde dich gern zu einem Drink einladen, wenn du Zeit hast." „Danke, ich habe Zeit für dich." Antwortete er freudig. Schnell verschloss er den Kiosk und wir schlenderten gemütlich in Richtung Hauptstraße. Auf dem Weg dorthin, sagte ich ihm: „Ich dachte ja, du bist heute mit einer Freundin verabredet, bei der mächtigen Beule, die du nach dem Essen in deiner Hose hattest." Er lächelte und antwortete: „Darüber brauchst du dir den Kopf nicht zerbrechen. Das ist so, wenn ich mich richtig gut fühle. Passiert dir das nicht auch manchmal?" „Ja schon." Antwortete ich etwas nachdenklich. Nachdem wir jetzt auch über unsere besten Stücke eine sinnige Unterhaltung geführt hatten, war alles klar zwischen uns. Schon komisch, dachte ich. Noch nie habe ich mit einem Mann drüber gesprochen, den ich erst vor zwei Stunden kennengelernt habe.

Nach einigen Minuten standen wir auf der Hauptstraße. Es war mittlerweile eine halbe Stunde vor Mitternacht. An diesen warmen Abend war die Straße voller Menschen. Alle Plätze vor den Restaurants waren belegt.

Es herrschte eine quirlige und ausgelassene Stimmung. „Viele genießen heute diese wundervolle Sommernacht und es hatte nicht den Anschein, dass bald einige aufstehen, um uns ihren Platz anzubieten." Sagte Omar. „Ja dann müssen wir wohl noch ein bisschen laufen. Nach dem reichlichen Essen tut mir das aber ganz gut." Antwortete ich. Deshalb schlenderten wir weiter die Hauptstraße entlang. Etwas später gelangten wir an eine Bar, die von außen sehr einladend aussah.

Omar sagte: „Komm, lass uns hier reingehen. Es sind zwar auch viele Schwule hier drin, aber die Bar ist gemütlich. Oder hast du was gegen Homosexuelle?" „Habe ich nicht." Antwortete ich ihm cool und war ein bisschen neugierig. Nie war ich vorher auf die Idee gekommen, eine Schwulenbar zu besuchen. Jetzt wo wir davor standen, war es mir doch ein bisschen mulmig im Bauch, aber ich ließ es mir nicht anmerken. Omer schaute mich noch ein bisschen unsicher an, als wollte er mir nicht so recht glauben, dass es mir nichts ausmacht in eine Schwulenbar zu gehen. „Na los, lass uns endlich rein gehen." Sagte ich und öffnete ihm die Tür. Als wir die Bar betraten, wurde Omar gleich von einigen Männern mit einer Umarmung begrüßt, und da er mich als ein Freund vorgestellt hatte, begrüßten sie mich ebenfalls herzlich. Mein leichtes Unbehagen war nach diesem offenen und freundlichen Willkommen schnell verflogen. Gleich darauf wurde mir von einem aus der Gruppe ein Drink überreicht. Erst nach dem zweiten Whiskey wurde mir klar, dass ich ja Omar eingeladen hatte. Deshalb bestellte ich schnell die nächste Runde für ihn und seine Freunde, bevor mir ein anderer wieder zuvorkam. Das war der Auftakt eines Saufgelages, denn jeder aus unserer Gruppe sah sich jetzt veranlasst, eine neue Runde zu geben.

Ich sah, wie sich Männer an der Bar in aller Öffentlichkeit küssten, aber keinen störte es. Mit der Zeit fand ich das dann auch ganz normal. Ich sah mich in der Bar um und es fiel mir auf, dass es hier Männer aus der ganzen Welt gab. Da waren Europäer, Afrikaner, Araber, Türken und Asiaten und alle verstanden sich prima. Es war das bunte Bild, welches ich in dieser Stadt so liebte. Und hier waren alle in Freundschaft und Herzlichkeit miteinander vereint.

Kurz schoss es mir spontan durch den Kopf, wenn die Schwulen, egal welcher Hautfarbe, sich so gut verstehen, dann ist es ja besser, wenn alle so wären, zu mindestens bisexuell. Erschrocken bemerkte ich, dass ich diesen Gedanken laut ausgesprochen hatte. Die Gruppe, bei der ich stand, stieg sofort darauf ein. Einer sagte dazu euphorisch und schon ziemlich angetrunken: „Da hast du völlig recht. Es gäbe nur noch eine Fahne in der Welt. Die Regenbogenfahne." Ein Araber aus unserer Runde gab zu bedenken: „Aber das wäre vielleicht auch nicht optimal. Die Frauen werden unglücklich und Kinder gäbe es dann auch kaum noch." Worauf Omar antwortete: „Wer sagt denn, dass nur die Männer schwul sein können? Und außerdem wären die Meisten dann sowieso bisexuell und werden weiter mit Frauen zusammen sein und Kinder zeugen." Ein Afrikaner fügte hinzu: „Vielleicht gäbe es dann viele Großfamilien von mehreren Männern und Frauen, wo jeder nach Lust und Laune seine Gefühle mit dem anderen austauschen kann." Einer fragte: „Aber was ist, wenn sich ein Mann nichts aus anderen Männern macht?" „Na ja, so was gibt es heute schon, in allen Fraktionen. Die werden toleriert, so wie jetzt auch." Antwortete der Nächste. Danach entwickelte sich eine rege Diskussion, die ich ungewollt angezettelt hatte.

Ein bisschen freute ich mich darüber, dass meine Meinung so ein großes Gewicht in unserer Gruppe hatte. Dadurch fühlte ich mich mit ihnen eng verbunden.

Omar war ständig an meiner Seite. Als er bemerkte, dass ich schon stark angetrunken war und mich ein Afrikaner von weitem mit seiner dunkelbraunen Haut und den schönen weißen Zähnen ständig anlächelte, nahm er meine Hand und führte mich zu einem lauschigen Platz an der Bar. Sie war nur spärlich beleuchtet und wir fühlten uns ungestört. Ich freute mich, endlich mal mit ihm allein zu sein. Plötzlich küsste er mich mit der Zunge. Einen Augenblick lang erschrak ich, aber dann fand ich schnell Gefallen daran. *Männer küssen ja richtig gut*, dachte ich. Omar küsste leidenschaftlich und zärtlich zugleich. Als er merkte, dass es mir gefiel, drängte er seinen Körper an den meinen und ich fühlte, wie es in unserem Schritt wärmer wurde. Das Pulsieren in der Hose wurde unaufhörlich stärker, während er sich beim Küssen immer fester an mich drückte. So eine leidenschaftliche Umarmung von einem Mann war neu für mich. Es war anders als damals mit Kai. Es erregte mich total. Ich verlor die letzten Hemmungen und ließ meiner Lust freien Lauf. Als er das spürte, stöhnte er leise. Automatisch glitt ich mit der Hand über seinen Rücken und landete auf diesem strammen Po, den ich schon im Kiosk öfter gemustert hatte, als er das Essen zubereitete. Was hatte er da für einen geilen Knackarsch, dacht ich, als ich immer wieder mit der Hand zwischen seinen Pobacken fuhr und zärtlich hinein kniff. Dabei wimmerte er leise und glitt mit der Zunge an meinen Hals entlang, wodurch die Erregung in mir anstieg. „Komm, lass uns gehen" flüsterte er.

Dabei kam er ganz nah an mein Gesicht. Ich spürte Omars Lippen und seine Zunge am Ohr. Mir lief ein Schauer über den Rücken. „Ja." Hauchte ich erregt und berührte ebenfalls, wie beiläufig, mit den Lippen sein entzückendes kleines Ohr. Kurz drückte er seinen Körper noch einmal fester an mich und ich spürte die Wärme in seinem Schritt. Dann löste er sich von mir und nahm meine Hand, um mich aus der Bar zu führen. Ich wollte mich aber nicht von ihm trennen. Deshalb zog ich ihn wieder zu mir und küsste ihn. Er stöhnte leise und sagte verzweifelt: „Komm, lass uns woanders hingehen. Wo wir ungestört sind." Da stieg ein leichtes, ängstliches Kribbeln in mir auf. Vorsichtshalber kaufte ich noch schnell eine Flasche Whiskey an der Bar, die wir mitnahmen. Ich hatte vor, meine letzten Ängste damit zu ertränken. Die erregten Spiele an der Bar und die anschmiegsame Hingabe dieses schönen jungen Mannes hatten mich so überwältigt, dass ich jetzt auf keinen Fall aufhören wollte.

Draußen vor der Bar küsste er mich wieder, mitten auf der Straße. Aber darüber verlor ich in diesem Moment keine Gedanken mehr. „Wo wohnst du?" Fragte er. Ich überlegte: Es war schon spät und die U-Bahn hatte ihren Fahrdienst bis zum nächsten Morgen eingestellt. Nur der Nachtbus fuhr noch. Es würde über eine Stunde dauern, bis wir bei mir waren. Omar hatte mich schon so sehr erregt, dass ich es kaum noch aushielt. Ich konnte und wollte nicht mehr länger warten. Ich sah ihn an und bemerkte an seinem Gesichtsausdruck, dass er genauso ungeduldig war.

Ich war jetzt schon so geil auf ihn, dass ich überall mit ihm hingegangen wäre. Deshalb sah ich mich verzweifelt, Hilfe suchend um. Einen Park gab es in der Nähe nicht. Auf der anderen Straßenseite sah ich ein Hotel. „Lass uns da reingehen" sagte ich und er stimmte zu.

Im Zimmer tranken wir dann weiter Whiskey und was danach geschah? Daran kann ich mich nur noch bruchstückartig erinnern. Ich weiß nur, dass er plötzlich nackt vor mir stand, mich auszog und wir uns ins Bett legten. Die liegende Position vernebelte mir endgültig mein Gehirn. Danach waren die Bilder aus meiner Erinnerungen nur noch verschwommen.

Als ich den letzten Tag so Revue passieren ließ, und krampfhaft versuchte, mich an weitere Einzelheiten zu erinnern, kam Omar frisch geduscht aus dem Bad. Ich stand immer noch nackt am Fenster und hatte ihm den Rücken zugedreht. Wie versteinert blieb ich stehen. Ich drehte mich nicht um. Er kam zu mir. Stellte sich hinter mich und drückte seinen Körper an meinen Rücken. Dann schlug er die Arme von hinten um meinen Bauch und klammerte sich fester. Wir waren beide nackt und so lag sein Glied jetzt zwischen meinen Pobacken, und fing an größer zu werden. „Es war schön mit dir, heute Nacht." Flüsterte er mir ins Ohr. Dabei kam er wieder ganz nah mit seinen Mund heran, so dass seine Lippen erneut an meinen Ohrläppchen kitzelten. Da durchfuhr es mich wie ein Blitz. Plötzlich erinnerte ich mich daran, wie er in der Nacht, mit dem jetzt schon wieder steifen Glied, in mich eingedrungen war. Auch wenn es am Anfang etwas ungewohnt war, so überwältigte mich dann bald eine ungeahnte Wollust.
Ich erinnerte mich weiter, wie ich dann rief: „Hör nicht auf! Hör nicht auf!" Als ich jetzt am Fenster stand und ihn spürte, öffnete ich wieder automatisch meine Furche und er drückt langsam sein Glied erneut in mich rein. Ich stöhnte vor Wonne. Jetzt bewegte er sich in mir. War das geil!

Und ich war dankbar dafür, dass ich es heute Morgen noch einmal im vollen Bewusstsein erleben durfte. Was passierte da in mir. Diese Gefühle sind überwältigend? Mit jeder Bewegung seines heißen harten Gliedes bereitete er mir unbeschreibliche Glücksgefühle, die sich wie Wellen in meinen ganzen Körper ausbreiteten und immer stärker wurden. Ich hielt mich am Fensterrahmen fest und schob meinen Hintern dabei nach vorn, so dass es ihm möglich war, tiefer in mich einzudringen. Dabei stöhnte ich leise und hob den Kopf. Es wurde immer wärmer in mir. Plötzlich hörte er auf mit seinen Bewegungen. Ich erschrak etwas: Sollte es schon zu Ende sein? Aber er sagte: „Mach du weiter" Ich war erleichtert und glücklich darüber, dass es doch eine Fortsetzung gab. Jetzt bewegte ich meinen Hintern vor und zurück. Immer heftiger treib es mich vor ekstatischer Erregung dazu, bis sein Glied in mir kräftig zuckte und er laut brüllte. Auch ich stöhnte, denn diese heftigen Bewegungen in mir lösten eine Welle der Wollust aus. Was ist da eben passiert? Das war das Aufregendste, was ich je erlebt habe, dachte ich. Aber Omar war nicht fertig mit mir. Er schob sein Glied aus mir heraus, stellte sich jetzt ans Fenster und bückte sich ebenfalls. Dabei öffnet er seine Furche Was für ein Anblick! Dieser junge Mann hat wirklich einen geilen Hintern, dachte ich und mein Herz schlug mir vor Aufregung bis zum Hals. Dann sagte er: „Jetzt bist du dran. Gestern Nacht warst du ja nicht mehr in der Lage dazu. Dring in mich ein und nimm mich."

Als ich das hörte, schlug mein Herz schneller. Ich konnte mein Glück gar nicht fassen. Schnell streichelte ich den herrlichen Po, den er mir willig entgegenhielt und fuhr mit meiner Hand zwischen seine festen Backen. Dabei öffneten sie sich immer weiter.

Dann massierte ich vorsichtig mit den Mittelfinger seine Öffnung. Sein ganzer Körper fing an zu zittern. „Du treibst mich in den Wahnsinn." Rief er. „Komm, stecke ihn endlich rein, ich halt es nicht mehr aus." Durch diese Aufforderung, die er mir mit fast flehender Stimme leise zu rief, konnte ich mich nicht mehr zurückhalten und schob mein hartes Glied langsam in ihn rein. Es war eng, warm und feucht darin. Einen schöneren Ort hätte ich mir in diesem Moment nicht vorstellen können. Als ich vollkommen in ihm war, verlor Omar jegliche Hemmung. Er bewegte nun heftig seinen Unterleib immer vor und zurück, stöhnte laut dabei und rief fortwährend: „Oh, ich liebe dich, mach weiter, fester, tiefer!" Mit meinen Händen hielt ich mich an seinen schlanken Hüften fest, denn ich hatte Angst, das Gleichgewicht zu verlieren. So heftig ritt er auf meinem Glied. Wie ich es gewohnt war, fuhr ich mit den Händen an die Brust. Dort spürte ich zwei große, harte Brustwarzen, was mich etwas verwunderte. Ich wusste nicht, dass die bei einem Mann auch so groß und hart werden können. Als ich mit den Händen über sie fuhr, rief er: „Ja das ist geil!" Da ich gerne an Brustwarzen spielte und mich damit auskannte, nahm ich sie zwischen zwei Fingern und rubbelte daran. Das machte ihn total wild und er rief: „Fester, fester!" Gleichzeitig ritt es aufgeregt auf meinem Glied. Ich drückte seine Warzen fest zusammen, während ich sie zwischen meinen Finger hin und her rollte. Omar geriet außer sich und schmiss sein Oberkörper ruckartig hin und her, als ob er nicht in der Lage war sich zu entscheiden, in welche Richtung er ihn vor Erregung zuerst bewegen sollte. Seine Brustwarzen hatte ich aber dabei fest im Griff, so dass er mir nicht mehr entweichen konnte. Gleichzeitig sprang sein Hintern, in dem mein Glied steckte, immer schneller vor und zurück.

Ich geriet dabei ebenfalls in atemberaubendes Entzücken. Noch nie habe ich bei einem anderen Menschen so eine wilde Ekstase erlebt. Es war ein Feuerwerk der Sinne. Dann stieg ein gewaltiger Höhepunkt in mir auf und ich brüllte laut los. Danach waren wir beide erschöpft und legten uns aufs Bett. Nach einer Zeit der beglückenden Zufriedenheit sah ich auf die Uhr. Es war schon Nachmittag und meine Frau und die Kinder trafen in zwei Stunden zuhause ein. Ich musste aufbrechen und mich von Omar trennen. Das sagte ich ihm und er fragte: „Werden wir uns wiedersehen?" „Ja, na klar." Antwortete ich. Er gab mir seine Telefonnummer, bevor wir uns verabschiedeten.

Auf dem Weg nachhause fühlte ich, wie die Glückshormone immer noch durch meinen Körper tanzten, die sich bei den letzten Vereinigungen mit diesem wilden jungen Mann explosionsartig in mir ausgebreitet hatten. Ich war glücklich und hatte das Gefühl, dass mich die Fahrgäste in der U-Bahn besonders freundlich anschauen. Als ob sie mir ansahen, dass ich grade eine glückliche Zeit erlebt hatte. Aber es war mir nicht peinlich. Im Gegenteil, ich lächelte und genoss diese Glückseligkeit in mir. Jetzt freute ich mich auf Sophie und die Kinder. Als ich in meine Hosentasche griff, fühlte ich den Zettel mit Omars Telefonnummer in meiner Hand. *Den muss ich so schnell wie möglich loswerden*, dachte ich. Für mich war es doch eine einmalige Sache und ich dachte in diesem Moment nicht daran, erneut Kontakt mit ihm aufzunehmen. Als ich zuhause ankam, duschte ich gleich, um die Spuren dieser wahnsinnig aufregenden Begegnung an diesem Wochenende zu beseitigen. Danach wartete ich auf meine Familie. Währenddessen dachte ich wieder an Omar, den ich heute in seiner ganzen geilen Schönheit erlebt hatte.

Bei dieser Vorstellung zuckte mein Glied freudig. Jetzt nicht. Warte noch, dachte ich. Endlich kamen Sophie und die Kinder aus dem Ferienwochenende zurück. Mein sechsjähriger Sohn und meine fünfjährige Tochter rannten schon zum Haus. Ich kam ihnen entgegen und als sie mich sahen, riefen sie voller Freude: „Papa, Papa." Ich hockte mich hin und sie fielen in meine Arme. „Ich freue mich, dass ihr wieder bei mir seid. War es schön bei Oma und Opa?" Fragte ich und drückte sie fest an mich. „Ja." Antworteten sie beide. Dann stand ich auf und ich begrüßte meine Frau, die brav darauf gewartet hatte, bis mich meine Kinder los ließen. Ich umarmte und küsste sie. Vielleicht etwas zu leidenschaftlich, hier auf der Straße. Sie sah mich ein wenig verwundert an aber ihre Augen leuchteten dabei. „Und, hattest du ein schönes Wochenende?" Fragte ich sie. „Ja, aber du hast mir gefehlt." Sagte sie. Dann liefen wir ins Haus und meine Tochter erzählte mir erst einmal in allen Einzelheiten, was sie bei Oma und Opa erlebt hatte. Ihre kleine Schnute stand nicht mehr still. Sophie und ich lächelten uns an. Wir kannten sie ja. Wenn sie nicht in ihrem Redefluss irgendwann einmal unterbrochen wurde, dann würde sie bis zum Schlafengehen weiter erzählen. Ein wenig später sagte deshalb Sophie zu ihr: „Jetzt hast du ja Papa alles erzählt. Komm, hilf mir beim Auspacken und schaffe die Sachen in dein Zimmer." Da sie nicht nur viel redete, sondern sich auch gern bewegte, ging sie gleich damit ans Werk und verschwand im Kinderzimmer.

„Na, wie war dein Wochenende?" Fragte Sophie, als wir alleine waren. Ich sagte: „Du weißt ja, ich hatte eine Menge Arbeit. Ich bin aber am Abend zu meinem Dönerstand gefahren." „Das habe ich mir schon gedacht." Sagte sie lächelnd.

Ich beobachtete sie, wie sie am Küchenschrank stand und die Marmelade, die meine Mutter selber hergestellt hatte, einräumte. Bis auf ihren kurzen Haarschnitt, den ich sehr hübsch fand, hatte sich Sophie in den acht Jahren, die wir zusammen waren, kaum verändert. Sie hatte eine sportliche Figur und ihre kleinen Brüste passten perfekt zu ihrem schlanken Körper. Ich verstand nicht, warum viele Männer große Brüste so geil fanden. Das kam wahrscheinlich noch aus der Steinzeit, wo sie Fruchtbarkeit und genug Nahrung für einen Säugling bedeuteten. Sophie sah zu mir und bemerkte, dass ich mit meinen Gedanken ganz wo anders war. „An was denkst du gerade?" Fragte sie mich. „An deine Brüste und wie schön sie sind." Antwortete ich ihr. Sie lächelte: „Findest du sie wirklich so schön?" „Oh, ja sie sind perfekt." Gab ich zurück. „Das freut mich. Ich habe so etwas schon lange nicht mehr von dir gehört." „Deshalb sage ich es dir ja jetzt" und wir lächelten uns an.

Als wir endlich am Abend die Kinder ins Bett gebracht hatten und alleine waren, küsste ich sie. „Ich liebe dich." Sagte ich und sie erwiderte es mit einer leidenschaftlichen Umarmung. Wir zogen uns aus und standen uns nackt gegenüber. Sie lief einmal um mich herum und musterte mich. „Du bist immer noch ein knackiger junger Mann und hast einen strammen Hintern" und kniff mir in die Pobacken. Ich stöhnte leicht auf, drehte mich zu ihr und umarmte sie fest. Mein Glied wurde immer härter und stieg gepresst an ihrem Körper langsam auf. Das erregte sie und wir legten uns auf das Sofa. Ich lag auf ihr und sie öffnete ihre Beine für mich. „Warte." Sagte ich zu ihr. „Ich will dich vorher verwöhnen." Küsste dann ihre Brüste und saugte an ihren Brustwarzen. Sophie stöhnte leise. „Oh was machst du heute mit mir? Das fühlt sich gut an."

Nach einer Weile schob ich meinen Körper nach unten. Küsste erst ihren Bauch und dann legte ich mein Gesicht zwischen ihr Beine und führte die Zunge durch ihre Scheide. Immer tiefer und schneller. Sophie drehte dabei ihren Köper hin und her. „Was tust du da?" Fragte sie wieder erregt. Ich antworte ihr nicht und glaubte auch, dass sie keine Antwort erwartet. Ich verwöhnte sie mit diesem herrlichen Spiel einfach weiter. Immer wieder massierte ich mit meiner Zunge kräftig ihren Kitzler. Plötzlich hob sie ihr Becken und stöhnte laut. Es wurde feucht zwischen ihren Beinen. Sie hatte einen Orgasmus und brach danach zufrieden und erschöpft zusammen. Auf diese Art und Weise hatte ich sie schon lange nicht mehr auf den Gipfel des Höhepunkts gebracht. Ich legte mich auf sie und küsste zärtlich ihr vor Zufriedenheit leuchtendes Gesicht. Ihre Stirn, die Augen, die Nase und ihr Kinn.

Mein Glied lag immer noch hart auf ihren Bauch. Als sie wieder etwas zur Ruhe kam und meine Erregung wahrnahm, sagte sie: „Jetzt bin ich dran. Leg dich auf den Rücken." Ich folgte ihren Anweisungen. Dann küsste sie meinen Hals, die Brust und meine Brustwarzen. „Nuckele mal dran." Bat ich sie. Das tat sie zum ersten Mal. Es erregt mich. Unwillkürlich musste ich dabei an Omar denken und konnte seine Erregung verstehen. Auch wenn meine Brustwarzen nicht so groß wie die von ihm waren, erzeugte es auch bei mir sehr lustvolle Gefühle. Als Sophie merkte, wie es mich antörnte, nuckelte sie heftiger daran und ich bewegte dabei meine Körper vor Erregung unter ihr. Dann zeigte ich ihr mit einem leichten Druck auf ihren Schultern an, dass sie tiefer gehen sollte. Sogleich kroch Sie mit ihrem Körper an mir herunter und gelangte an mein Glied, das schon aufgeregt stand und anfing zu pumpen.

Jetzt schob sie es langsam in ihren Mund, so tief es ihr gelang. Es dauerte nach meinen Empfindungen eine süße Ewigkeit, bis sie ihn vollständig in sich aufgenommen hatte. Das wiederholte sie immer wieder. Ich fing an zu stöhnen und merkte, wie sich ein Orgasmus in mir anbahnte. Jetzt schob sie ihn nicht mehr tief rein, sondern leckte wie wild an meiner Eicheln. Das brachte mich endgültig zur Raserei. Mein Körper fing an zu zittern und ich drehte den Kopf ruckartig mal nach links und dann wieder nach rechts. Endlich kam es aus mir heraus und es wollte gar nicht aufhören, denn ich spürte ihre Zunge, wie sie an meiner Eichel immer weiter wie wild leckte, während mein Samen in kräftigen Schüben aus mir raus spritzte. Das verlängerte den Orgasmus und ich musste laut stöhnen. Aber auch das fand leider irgendwann ein Ende. Sie kam nach oben und wir küssten uns zärtlich.

„Möchtest du ein Glas Wein?" Fragte ich, nachdem ich mich wieder etwas gefangen hatte und sie nickte. „Zieh dich aber nicht an." Sagte sie zu mir. „Ich will dir zu schauen, wie du nackt mit deinem Knackarsch durch das Zimmer läufst." Ich holte den Wein aus der Küche, lief dabei aufreizend durch das Wohnzimmer und sie pfiff mir leise hinterher. Ich streckte meinen Hintern etwas nach vorn und wackelte damit. „Gefällt er dir?" Fragte ich. Sie lachte. Als ich mit zwei Gläsern Wein zurückkam, saß sie mit ihrem Negligé schon auf dem Sofa. Ich zog mir daraufhin ebenfalls meine Boxer Short an. Unsere Gläser klingelten, als wir anstießen und dann tranken wir von diesem süßen und süffigen Wein.

Seit kurzem planten wir unseren gemeinsamen Sommerurlaub mit den Kindern. Wir hatten bisher noch keine Reiseroute festgelegt.

Also nutzen wir die Gelegenheit der Ruhe und sprachen an diesem Abend darüber. „Wollen wir uns mal ein paar Prospekte anschauen?" Fragte Sophie. „Ja, aber die holst du jetzt." Sagte ich, und sie sah mich lächelnd an. „Selbstverständlich mein Liebster, für dich tue ich doch alles." Sie stand auf und lief ebenfalls aufreizend durch das Zimmer, während ich ihr dabei zuschaute. Unter ihrem durchsichtigen Negligé war nichts weiter als nackte Haut. Das brachte meine Hormone erneut in Wallung. Ich lief zu ihr und biss ihr zärtlich in den Nacken. Ich wusste, das verfehlte seine Wirkung bei ihr nie. Sie bückte sich tief, um die Prospekte aus dem Schrank zu holen. Dabei streckte sie mir ihren Hintern entgegen. „Warte blieb so." Flüsterte ich und streichelte ihren Po. Wieder musste ich an Omers kleinen Knackarsch denken. Ich griff unter ihr Kleid und fuhr mit der Hand zwischen ihre Pobacken durch die Furche. Dabei spreizte sie die Beine. So konnte ich durch ihren Schritt gleiten und sie von hinten zärtlich an den Schamlippen graulen. Dann fuhr ich mit dem Mittelfinger durch ihre Scheide und erfühlte den Kitzler, an den ich dann rieb.

Es wurde wieder feucht in ihrer Scheide. Mein Glied war mittlerweile bereit, das Liebesspiel mit ihr fortzusetzen. Ich führte es langsam von hinten in ihre Scheide ein. Sie stöhnte dabei. Als ich vollständig in ihr war, fing sie an ihr Unterleib zu bewegen, immer stärker und schneller. Ich bewegte mich nicht, denn ich wollte ihr eine Weile lang zusehen und ihre Geilheit in Ruhe genießen. Aber lange hielt ich das nicht aus und passte mich ihren Bewegungen dann doch an. Mitten im Zimmer steckte ich jetzt mein hartes Glied immer wieder wie wild in sie rein und wir waren beide nicht mehr Herr unserer Sinne.

Ich kam so schnell nicht, während sie von einem erneuten Orgasmus überwältigt wurde. „Komm, knie dich auf das Sofa und lege deine Arme bequem auf die Rückenlehne." Sagte ich zu ihr. Diese Stellung nahm sie schnell ein und ich glitt mit meinem Glied wieder von hinten in sie rein. Diesmal aber zwischen ihre Pobacke. Als ich mich heftig in ihr bewegte, erregte es sie immer stärker. Sie schob mir ihren Hintern entgegen. Und rief: „Ja, ja, mach weiter. Das ist geil." Kurze Zeit später hob ich ihren Oberkörper nach oben, kam mit meiner Hand nach vorn und legte sie zwischen ihre Beine, um an ihren Kitzler zu gelangen, während ich sie weiter kraftvoll von hinten nahm. Als ich merkte, dass sich in mir ein Orgasmus anbahnte, rubbelte ich vor Erregung heftig an ihr und fuhr mit den Fingern tief in ihre Scheide. Ich fühlte, wie ihr ganzer Körper bebte und Sophie röchelte und wimmerte dabei, während ich stöhnte. Wieder wurde sie nass und ich kam gleichzeitig mit lautem Stöhnen in ihr.

Jetzt waren wir völlig erschöpft. Ich setzte mich auf das Sofa und Sophie legte ihren Kopf auf meinen Schoss. Plötzlich öffnete sich die Tür und unser Sohn kam herein. Er stand verschlafen im Zimmer und sagte: „Es war so laut. Da bin ich wach geworden." Und sah, dass wir beide nichts anhatte. Er hatte uns ja schon oft im Bad oder am Strand nackt gesehen aber in dieser Situation, hier im Wohnzimmer, musste es für ihn ungewöhnlich sein. Ich sagte: „Entschuldige Jonas, dass wir dich geweckt haben. Papa und Mama hatten sich lieb und dabei entstehen manchmal solche lauten Geräusche." Ich lief zu ihm, nahm in auf den Arm und trug ihn zurück ins Kinderzimmer. Dort legte ich ihn ins Bett und er schlief auch gleich wieder ein. Als ich zurück ins Wohnzimmer kam, stand Sophie dort und strahlte mich an.

„Es wird jetzt auch für uns Zeit Schlafen zu gehen." Sagte sie. Sie kam zu ihr und umarmte mich „Es war wunderbar heute. Du hast dich irgendwie verändert. Aber das gefällt mir sehr, bleib so." Und ich dachte sofort an den Zettel, den mir Omar mit seiner Telefonnummer zu Abschied gegeben hatte. Den hatte ich zerrissen und in den Papierkorb meines Arbeitszimmers geworfen.

Am nächsten Tag holte ich die Schnipsel wieder raus und setzte sie zusammen. Dann notierte ich die Telefonnummer von ihm in mein Notizbuch. Ich überlegte kurz: Was, wenn in dieser Nacht ein Park in der Nähe gewesen wäre. Dorthin hätten wir uns dann für eine schnelle Nummer verzogen und danach wieder getrennt. Betrunken wie ich war, würde ich mich wahrscheinlich kaum daran erinnern und hätte keine Telefonnummer. Und zum Dönerstand wäre ich vor Scham wohl auch nicht mehr gegangen. So aber hatte ich eine wunderschöne Erinnerung und konnte Omar jederzeit anrufen. Der nichtvorhandene Park war unser Schicksal. Ich musste lächeln bei diesem Gedanken.

Sophie und ich hatten weiterhin viele lustvolle Stunden, in den darauf folgenden Tagen. Mir wurde klar, dass unser Liebesleben mit den Jahren schon ziemlich eintönig geworden war. Jetzt genossen wir es wieder fantasiereich und häufiger. Wir verhielten uns liebevoll zueinander wie schon lange nicht mehr und das nicht nur beim Sex. Ich las noch einmal in meinem Lieblingsbuch „Human Traumata Part I"" und obwohl ich es ja schon gelesen hatte, fühlte ich jetzt, durch die eigenen Erfahrungen, dass es was ganz natürliches und normales war, was ich mit Omar erlebt hatte. Ich erinnerte mich an das Gespräch in der Bar. Dort hatte ich ungewollt einen plötzlichen Gedanken laut ausgesprochen.

Und mir fiel auf, wie verantwortungsvoll und einfühlsam sich die Männer in der Gruppe darüber unterhielten. Im Nachhinein bewunderte ich sie dafür.

Einige Tage später rief ich Omar an. „Hallo wie geht es dir" „Hallo Leo, ich freue mich, dass du anrufst. Ich habe oft an dich gedacht" Omar hatte meine Stimme sofort erkannt und ich freute mich darüber. „Wie sieht es aus. Können wir uns treffen?" Fragte ich ihn. „Ja, wann immer du willst." Antwortete er „Ich hätte wieder mal Lust auf einen Spezial Döner von dir." „Gerne doch, auch mit Nachschlag, wenn du willst. Aber ich habe von 11:00 bis 22:00 Uhr geöffnet. Wenn du davor oder danach kommst, dann hätten wir mehr Zeit füreinander." „Dann bin ich schon morgen 9:00 Uhr bei dir, denn auf deinen Nachschlag möchte ich auf keinen Fall verzichten." Und lachte dabei. „Das freut mich, aber komm pünktlich. Ich bereite alles schon vor, damit wir gleich essen können. Dann wir danach mehr Zeit für uns." Antwortete er lachend. „Vielleicht gibt es ja auch eine Vorspeise zur Begrüßung vor dem Essen, denn ich habe schon einen richtigen Heißhunger darauf?" Fragte ich zurück. „Wenn du so sprichst, dann machst du mich jetzt schon verrückt. Der Schokoriegel für die Vorspeise macht sich gerade bemerkbar und wartet ungeduldig darauf vernascht zu werden. Hör auf, sonst gibt es nur Vorspeise und Nachschlag und wir haben keine Zeit für anderes." „Nein, nein zwischendurch sollten wir uns mit deinen köstlichen Speisen stärken, umso besser schmeckt es dann noch einmal danach." Sagte ich. „Gut, ich werde dafür sorgen, dass alles was du dir wünschst, reichlich vorhanden ist." Wir beendeten unser Gespräch und ich freute mich schon riesig auf den morgigen Vormittag mit ihm.

Ein Tag später stand ich pünktlich um 9:00 Uhr am Dönerstand. Ich lief gleich nach hintern und klopfte an die Tür. Omar öffnete sie und strahlte mich an. „Komm rein." Sagte er. Dabei nahm er meinen Arm und zog mich schnell in den Kiosk, drückte mich an die Wand und wir küssten uns leidenschaftlich. Dabei schmiegten wir unsere Körper heftig aneinander. Schnell zogen wir uns aus und fuhren da fort, wo wir aufgehört hatten. Ich spürte, wie sich unsere harten Glieder an die Bäuche pressten. Das erregte mich und ich bewegte meinen Körper, um sie heftig aneinander zu reiben. Dabei hielt ich Omar fest umschlungen. „Nein, nein hör auf, das ist zu viel." Rief er erregt. Ich konnte aber nicht aufhören und zog ihn noch fester an mich heran und rieb mich stärker an ihn. Omar ergab sich seinem Schicksal. „Ja, ich liebe dich, das ist so schön mit dir." Sagte er jetzt. Kurze Zeit darauf fühlte ich, wie sein Glied heftig zuckte und sich sein warmer Liebessaft zwischen unseren Bäuchen ergoss, während dieser herrlich geile junge Mann unaufhörlich röchelte und stöhnte.

Das erregte mich so, dass ich ebenfalls spürte, wie sich in mir ein Orgasmus ankündigte. Als Omar das wahrnahm, kniete er sich schnell vor mich und nahm mein Glied in den Mund. „Ja gib mir seinen Liebessaft." Sagte er erregt. Es dauerte nur ein paar Sekunden und es kam mir. Ich verlor dabei fast den Boden unter den Füßen. Als wir uns etwas beruhigt hatten, sagte ich: „Diesen Schnellschuss habe ich gebraucht. Sei nicht böse." „Ich bin doch nicht böse." Antwortete er: „Es war fantastisch. Nur sowas habe ich noch nie erlebt." Und er gab mir einen Kuss. „Jetzt bereite ich aber erst einmal schnell das Essen zu." Ich setzte mich so, dass ich ihn beim Kochen im Blick hatte. Wir blieben nackt und ich starte ständig auf seinen geilen Hintern.

Jede kleine Bewegung dieser straffen Pobacken in der engen Küche registrierte ich mit Entzücken. Das blieb auch ihm nicht verborgen. Er schaute dauernd zu mir und strahlte mich an. Jedes Mal sagte er: „Ich bin gleich fertig." Nach zehn Minuten kam er mit dem Essen und deckte den Tisch. Ich blieb aber sitzen und half ihm nicht. Ich wollte beobachten, wie sein nackter schlanker Körper sich bewegte. Und es war ein Genuss zu sehen, wie er sich über den Tisch beugte, um das Essen darauf zu platzieren. Ich glaubte, er tat es für mich besonders lange und reizvoll, denn er bemerkte meine Blicke und es erregte ihn. Sein Glied wurde größer. „Du machst mich schon wieder ganz verrückt." Sagte er und sah mich dabei mit seinen strahlenden dunklen Augen liebevoll an. „Das ist doch nicht meine Schuld, wenn du mir so gefällst." Antwortete ich lächelnd und freute mich darüber, dass ich ihn allein mit meinen Blicken schon so erregen konnte.

Ein wenig wunderte mich und dachte. Wie reizvoll doch ein Mann sein kann. Besonders wenn man erlebt hat, wie geil und lustvoll es mit ihm ist. Anders als mit einer Frau aber nicht minder aufregend. Dann aßen wir gemeinsam, was er zubereitet hatte. Es schmeckte herrlich und eine kurze Zeitlang vergas ich dabei meine triebhaften Lüste und verlor mich in die leiblichen Genüsse. Während wir aßen, erkundigte er sich nach meiner Frau und den Kindern und ich fragte ihn danach, was er so alles in den letzten Tagen unternommen hatte. Unser Gespräch dauerte nicht lange. Als wir das warme Fleisch gegessen hatten, saß ich schon wieder mit einer Erektion am Tisch. Als ich erkannte, dass es ihm genauso erging, fragte ich: „Was meinst du, können wir den Salat auch noch später essen?" Ohne zu antworten, kam er schnell zu mir, legte mich sofort auf den Rücken und küsste mich.

Als er auf mir lag, rieb er seinen schlanken erregten Körper schon wieder fest an den meinen. „Ich will aber jetzt unbedingt in deinen süßen Hintern rein." Sagte ich schnell, bevor wir nicht mehr in der Lage waren uns voneinander trennen. „Oh, diese Lust kannst du auskosten, wann immer du dich danach sehnst." Sagte er. Setzte sich auf mich und schob mein hartes Glied langsam in seine schon feucht warme und enge Öffnung. Er geriet sofort in Ekstase und ritt auf mir. Erst beobachtete ich ihn. Ich sah sein zauberhaftes vor Glück strahlendes Gesicht und seinen schlanken, muskulösen Körper, wie er auf mir saß und sich erregt bewegte. Aber dann war ich soweit, selbst die Fassung zu verlieren. Ich schloss und verdrehte meine Augen und begann mein Becken hoch, runter und im Kreis zu bewegen, so dass er mich, so stark es möglich war, in sich spüren konnte. Ich fühlte, wie es heißer in ihm wurde. Beim zweiten Mal hatte ich wie immer mehr Ausdauer. Ich forderte ihn nach einer Weile auf, sich wie ein Hündchen hinzuhocken. Diese Stellung nahm er gerne ein. Er streckte mir seinen geilen, nun schon heißen und geöffneten Hintern entgegen. „Komm mach schnell weiter. Ich bin total spitz." Sagte er. Aber ich genoss diesen Anblick und streichelte ihn. Strich mit der Hand durch seine feuchte Furche und kitzelte sein Loch. „Mehr, mehr rief er völlig erregt. Ich brauche das jetzt. Du hast mich schon so wild gemacht." Ich führte meine Zunge durch seine Furche und verweilt dort an seinem Loch. Sofort drückte er mir heftig diesen wundervollen Hintern, mit dem weit geöffneten Pobacken, ins Gesicht und rieb sich darauf. Er stöhnte dabei ohne Pause. Ich bekam keine Luft mehr und musste mich schweren Herzens davon befreien. Jetzt erlöste ich ihn und führe mein Glied in ihn hinein. „Oh, ja, rief er erleichtert." Und dann war er nicht mehr zu bremsen.

Ich sah dieses unfassbare Schauspiel. Wie sein geiler Körper vor Erregung unter mir windend und zitternd auf meinem Glied ritt. Eine Weile lang versuchte ich, den in mir anbahnenden Orgasmus aufzuhalten, um ihn länger in dieser unbeschreiblichen Ekstase zu erleben, aber bald gelang es mir nicht mehr. Es kam über mich und ein erneuter Orgasmus katapultierte mich in die höchste Glückseligkeit. Omar sah danach müde aus und ich dachte schon, dass ich ihn heute nicht in mir spüren würde. Aber es war so schön mit ihm gewesen, da war mir das auch egal. Wir aßen danach den Salat und tranken ein Glas Wein. Schnell erholte er sich aber wieder. „Jetzt sollst du mich in dich spüren." Sagte er schon aufgeregt. „Wenn du noch kannst." Antwortete ich. „Und ob ich kann!" Er legte mich wieder flach auf den Rücken und wir küssten uns. Ich dachte, er wollte in mich rein, fuhr es mir durch den Kopf und hatte schon den Gedanken mich umzudrehen. Aber da nahm er meine Beine und drückte sie ganz nach vorn. Mein Hintern öffnete sich dabei weit und kam nach oben. Jetzt legte er sich wieder auf mich und schob sein Glied in mich rein. In dieser Stellung konnten wir uns küssen, während er in mir war. Das ist ja wie mit einer Frau. Nur dass ich dabei unten liege und ein Glied in mir spüre, dachte ich voller Begeisterung. Weiter vermochte ich aber nicht zu denke, den ich verlor bei diesem leidenschaftlich rein und raus die Fassung. Erst bemühte ich mich, ihn mit meiner Körperbewegung zu unterstützen. Aber in dieser Stellung war es schwierig. Er musste allein damit klar kommen. Was er mit großem Eifer tat. Ich legte meine Arme nach hinten. Dann ließ ich ihn einfach machen und ergab mich in wunderbaren Glückseligkeit der Lust. Nach einer Weile spürte ich, wie sein Glied kräftig bei der Entladung in mir zuckte.

Von Omar kam kein Laut und er ritt weiter in mir. Was war los? Hatte ich mich getäuscht? Plötzlich aber öffnete er seinen Mund und daraus kam ein lautes tiefes Stöhnen. Danach brach er auf meinen Körper zusammen. Er zitterte am ganzen Leib. Dabei streichelte ich zärtlich seinen Rücken, um ihn zu beruhigen. Nach zwei Minuten atmete er wieder ruhiger. Sah mich danach strahlend und dankbar an und küsste mich zärtlich. „Du kannst mir glauben, so etwas wie mit dir habe ich bisher noch nicht einmal annähernd erlebt. Ich bin so glücklich." Sagte er zu mir. Ich drückte mich kurz fest an ihn. Danach standen wir auf und zogen uns an.

Es war mittlerweile schon spät geworden. In eine halbe Stunde musste er seinen Kiosk öffnen. Dafür hatte er noch einiges vorzubereiten. Ich half ihm den Tisch abräumen und dann verabschiedeten wir uns. „Ich melde mich bei dir." Sagte ich. Er nickte und schaute mich etwas traurig an. Das verstand ich. Auch ich wäre noch gerne geblieben. Ich aber ging wieder nachhause und er wusste nicht, wann wir uns wiedersehen. Natürlich war er traurig. Dann aber leuchten seine Augen wieder. Er küsste mich zum Abschied und sagte „Ich werde bis zum nächsten Mal immer an dich denken." „Ich auch." Antwortete ich. Ich war nach diesem Erlebnis völlig verschwitzt und beschloss erst einmal nachhause zu fahren, um mich zu duschen und um neue Sachen anzuziehen. Meine Frau und die Kinder waren zu dieser Zeit nicht da. Unter der Dusche dachte ich an Omar. Wie sollte es weiter gehen? Er hatte sich anscheinend in mich verliebt und ich liebte ihn ja auch, aber ich liebte auch meine Frau und die Kinder. Das war eine komplizierte Situation. Als Erstes wollte ich beim nächsten Treffen mit Omar darüber reden, wie er sich das vorstellt.

Und dann werden wir weiter sehen, dachte ich.

Einige Tage später eröffnete mir Sophie, dass sie in der nächsten Woche eine Dienstreise antreten muss. „Das konnte ich nicht absagen, Leo. Es ist zu wichtig." Entschuldigte sie sich bei mir. Sie arbeitete in einem Verlag und musste mit auf die Leipziger Buchmesse, da eine Kollegin krank geworden war. Diese Reise dauerte eine Woche. „Ich habe aber schon mit deinen Eltern gesprochen. Du kannst die Kinder während dieser Zeit zu ihnen bringen." „Da hättest du aber auch mal vorher mit mir reden können. Vielleicht hätte ich mich ja auch gern in dieser Zeit um sie gekümmert." Antwortete ich. „Ich habe ja gesagt, du kannst sie zu deinen Eltern bringen, nicht du musst." Gab sie zurück. „Sophie, du weißt genau, wenn du ihnen das angeboten hast, dann sind sie doch schon vor Freude ganz aufgeregt und die Kinder freuen sich ebenfalls darauf. Nein, jetzt bringe ich sie zu ihnen." Nachdem ich darüber nachgedacht hatte, wie ich die Woche ohne Familie verbringe, kam mir der Gedanke, die Gelegenheit zu nutzen, mit Omar in aller Ruhe über unsere Zukunft nachzudenken. Also rief ich ihn an und fragte, ob er mit mir für ein paar Tage in den Urlaub fahren will. Er sagte erst einmal gar nichts. „Hallo Omar, bist du noch dran!" Rief ich durchs Telefon. Dann hörte ich ihn mit aufgeregter Stimme fragen: „Ist das wirklich wahr? Du hast vor, mit mir in den Urlaub zu fahren?" „Ja, habe ich doch gesagt." Antwortete ich. „Natürlich will ich das, Leo!" Rief er freudig und laut durch das Telefon. Ich lachte und sagte: „Nicht so laut. Da platzt mir ja mein Trommelfell." „Aber das musste ich doch laut sagen, damit du es auch wirklich hörst." Antwortete er lachend zurück.

Nachdem wir alles besprochen hatten, bereiteten wir unsere kleine Urlaubsreise vor. Es waren vier Tage, die wir zusammen verbringen konnten. Omar besorgte sich eine Vertretung für seinen Dönerstand, was unter Türken kein Problem war. Diese gegenseitige Hilfe und Unterstützung zwischen ihnen bewunderte ich schon öfter.

Die Kinder brachte ich dann zu meinen Eltern. Sie freuten sich riesig, dass ihre Enkel mal eine ganze Woche bei ihnen waren, und für die Beiden war es wie Ferien. Es ist schön, so eine Familie zu haben, dachte ich. Nachdem ich mich von den Eltern und Kindern verabschiedet hatte, holte ich Omar ab und wir fuhren an den Stechliner See. Dort hatte ich einen Bungalow für uns gemietet. Er stand allein in einem großen Garten, der unmittelbar am See endete. Dadurch hatten wir einen kleinen Privatstrand und waren ungestört. Wir kamen am frühen Nachmittag dort an. Zuerst luden wir das Auto aus. Es war voll beladen, denn ich hatte schon jede Menge Lebensmittel und Getränke für die nächsten vier Tage eingekauft. Dadurch hatten wir mehr Zeit für uns und mussten nicht dauernd im Ort einkaufen. Auch Omar hatte Lebensmittel eingepackt, denn er hatte vor, türkisch für uns zu kochen. Als ich das sah, sagte ich: „Na du hast dir ja reichlich Arbeit mitgebracht. Da werde ich mal nachdenken, wie ich diese Zeit nutze, während du kochst." Omar lachte und antwortete: „Darüber brauchst du dir keine Gedanken machen, ich werde schon eine Beschäftigung für dich finden." Nachdem wir alles verstaut hatten, standen wir im Bungalow und schauten uns an. Erst jetzt wurde es uns so richtig bewusst, dass wir vier Tage und Nächte allein waren.

Das erzeugte in uns ein überwältigendes Glücksgefühl und wir fielen uns in die Arme. Danach trennten wir uns nicht mehr.

Das dauerte bis zum nächsten Morgen. Die Pausen zwischendurch waren kurz, denn nicht lange und einer von uns fing an den anderen erneut zu liebkosen. Wir konnten einfach nicht voneinander lassen. Selbst als Omar am Abend das Essen kochte, musste er es unterbrechen. Ich konnte auch in dieser Zeit nicht von ihm lassen. Sein nackter Körper zog mich magisch an. So streichelte und küsste ich seinen geilen Po, so dass er die Fassung verlor und sich öffnete. „Hast du an sowas gedacht, als du sagtest, du würdest eine Beschäftigung für mich finden, während du kochst." Fragte ich ihn aufgeregt. „Komm, steck ihn rein." Forderte er mich auf. „Aber du musst doch das Essen kochen." Sagte ich scheinheilig. „Bevor Du ihn nicht in mir drin hattest, gibt es kein Essen, du Teufel. Erst machst du mich total scharf und dann soll ich auch noch weiter kochen." Ich lachte und erfüllte ihm nur zu gern seinen Wunsch. Diese Spiele führten wir bis zum nächsten Tag fort.

Am späten Vormittag des darauffolgenden Tages setzte ich mich mit ihm an den See und fragte ihn. „Was meinst du, wie soll das mit uns weitergehen?" „Ich weiß nicht. Ich habe mich unsterblich in dich verliebt und möchte eigentlich jeden Tag mit dir zusammen sein." Antwortete er. Ich sagte: „Aber ich habe eine Frau und zwei Kinder, die ich auch sehr liebe. Hast du denn eine Freundin?" „Ja, ich bin verlobt. Die Hochzeit hat meine Familie schon lange arrangiert. Sie wohnt ebenfalls in Deutschland und sieht sehr hübsch aus. Allerdings habe ich nicht viel von ihr zu befürchten. Sie scheint sich mehr für Frauen zu interessieren, was ich in der Beziehung zu ihrer Freundin erkannt habe.

Vor einigen Wochen sah ich zufällig, wie sie sich miteinander vergnügten. Heiraten werden wir, aber es hat den Anschein, ich habe meine Ruhe vor ihr. Ich brauche ihr nur die Freiheiten zu geben, die sie sich wünscht. Das werde ich gern tun." Erklärte er mir. Ich sagte: „Bei mir ist das ein bisschen anders. Ich liebe meine Frau und auch den Sex mit ihr und ich liebe dich…." „Ich habe nichts dagegen, wenn du auch mit deiner Frau schläfst, solange es nicht ein anderer Mann ist" unterbrach er mich. „Ich muss selber ab und zu mal mit Adiba Sex haben. Mindestens ein Kind zu zeugen ist Pflicht, sonst gibt es Ärger. Vielleicht suchen wir uns ein Haus und ziehen alle zusammen? Dann kannst du mit Adiba das Kind zeugen." Sagte er zum Spaß. Ich lachte: „Nein mein Lieber, diesen Akt vollziehst du alleine, wenn es deine Tradition so will und du dich daran halten musst. Außerdem wären es sicherlich sehr schöne Nachkommen, die du zeugst." Omar lächelte. „Kinder zu haben, kann ich mir gut vorstellen. Aber mit dir." Und er lachte. Ich antwortete: „Das funktioniert ja nicht, aber wenn wir zu viert zusammen leben, dann können wir sie gemeinsam groß ziehen. Ich glaube, es ist besser für Kinder, wenn sie mit mehreren Erwachsenen groß werden." Er schaute mich mit leuchtenden Augen etwas erstaunt an und fragte: „Meinst du wirklich, wir könnten alle vier zusammen leben?" „Mal sehen." Sagte ich etwas nachdenklich, denn in meinem Kopf entwickelte sich da schon ein Plan. „Oh Leo, das wäre großartig!" Rief Omar aufgeregt und küsste mich. „Warte, noch ist es nicht so weit. Ich muss erst überlegen, wie ich diesen Plan Sophie näher bringe. Und das wird nicht einfach sein. Wichtig ist dabei, dass du und Adiba sich mit ihr verstehen. Und auch ich möchte erst deine Verlobte kennenlernen. Zu viert würde jeder auf seine Kosten kommen." „Außer Adiba." Sagte

Omar etwas nachdenklich. „Ach was, ich glaube, Sophie wird auch mit der Zeit an ihr Gefallen finden. Vieles was ich mit ihr tue, kann ebenso gut auch eine Frau, um ihr die Erfüllung zu bringen." „Was tust du denn mit ihr?" Fragte Omar neugierig. „Das erzähle ich dir später mal. Jetzt überlege erst einmal, was du mit mir heute Abend noch anstellen willst." Omar lachte: „Da muss ich nicht lange nachdenken. Ich habe da schon viele Vorstellungen. Aber ein Abend reicht da sicher nicht aus. Höchsten ein ganzes Leben." „Na dann komm, lass uns schnell anfangen. Nicht das ich vorher an Altersschwäche sterbe, bevor ich alles kennengelernt habe, was du so mit mir anstellen willst." Er stand auf und nahm meine Hand. „Na dann lass uns ins Haus gehen. Fangen wir mit dieser Lebensplanung an. Alles andere wird sich schon ergeben." Schnell liefen wir in den Bungalow und kamen dort erst wieder am nächsten Nachmittag raus. Trotz unserer häufigen leidenschaftlichen Vereinigungen in diesen Stunden hatten wir Zeit, die Pläne für eine Großfamilie weiter zu schmieden. Zumal mich Omer damit nicht mehr in Ruhe ließ und zwischendurch immer wieder davon anfing. Ich erklärte ihm, dass ich ein Haus habe und Architekt bin.

Dieses Haus ist groß und lässt sich leicht zu einem Zweifamilienhaus umbauen. Das wäre kein Problem. „Eine größere Hürde ist es Sophie von unseren Vorstellungen über eine Großfamilie zu überzeugen." Sagte ich. „Leo ich würde alles dafür tun, wenn das klappt!" Rief er inbrünstig.

Die vier Tage vergingen wie im Flug. Die gemeinsame Zeit im Bungalow war zu Ende und wir fuhren wieder Richtung Heimat. Ein bisschen traurig waren wir darüber. Aber unsere Pläne, die wir in den letzten Tagen geschmiedet hatten, gaben uns Hoffnung für die Zukunft.

Auch wenn mir Omar sicherlich fehlen würde, freute ich mich schon auf die Kinder und auf Sophie. Die Tage mit Omar hatten mich wieder aufs Höchste erregt. Mein Körper war weiterhin auf lustvolle Spiele eingestellt. Ich ließ die Kinder noch einen Tag länger bei meinen Eltern, damit ich etwas Zeit mit Sophie alleine verbringen konnte. Als sie dann von der Dienstreise kam, holte ich sie am Flughafen ab. Wir strahlten uns an und umarmten uns fest. „Du hast mir gefehlt." Sagte sie. „Ich freu mich auch, dass du wieder da bist. Die Kinder sind ein Tag länger bei meinen Eltern, so haben wir den Abend und die ganze Nacht für uns." Flüsterte ich ihr ins Ohr. Sie lächelte: „Dann lass uns schnell nachhause fahren." Im Haus angelangt fielen wir uns um den Hals und küssten uns. Dann zogen wir uns schnell gegenseitig die Kleider aus. Sophie war wieder total überwältigt vom mir und ich genoss ihre hemmungslose Geilheit. Ich unternahm dabei vieles mit ihr, was auch eine Frau hätte tun könnten und achtete mal bewusst darauf, wie sie dabei in orgastische Ekstase kam. Danach war ich mir sicher, dass sie Gefallen beim Sex mit einer Frau haben kann. Sie war eine moderne junge Frau und ich glaubte nicht, dass sie generell etwas dagegen hatte.

In solchen lusterfüllten Nächten öffnet sich das Herz und man redet dann oft über Dinge, die bei dem anderen ein wohlwollendes Ohr erfordern. Deshalb überlegte ich, ob ich heute nicht vorsichtig mit Sophie über die Pläne, die ich mit Omar geschmiedet hatte, spreche. Erst einmal langsam herantasten, dachte ich. Aber da kam sie zuvor. „Leo, mal im Ernst, Was ist mit dir? Du hast dich verändern. Für mich sehr positiv, wie ich schon gesagt habe. Aber dafür gibt es doch Gründe. Entweder hast du eine Geliebte oder einen Freund."

„Wie kommst du denn auf einen Freund?" Fragte ich sie gespielt überrascht. „Na du hast so eine sanfte Art, irgendwie würde das zu dir passen. Du bist nicht schwul, denn sonst hätten wir nicht so viel Spaß beim Sex, aber vielleicht bekommst du dadurch was, dass dich glücklich macht und auch unser Sexleben aufleben lässt. Etwas was ich dir nicht geben kann." Antwortete sie. „Was wäre dir dann lieber, eine Geliebte oder einen Freund?" Sei überlegte kurz: „Ich glaube ein bisexueller Freund. Ich würde in ihn keine direkte Konkurrenz sehen. Außerdem glaube ich, dass du mit mir und den Kindern glücklich bist. Auch wir geben dir etwas, was dir ein Freund nicht geben kann. Bei Frauen ist das meistens was anderes, die wollen den Mann dann irgendwann für sich alleine haben." „Gut, es ist ein Freund." Sagte ich kurz. Jetzt hatte ich ihre Neugier geweckt. Sie sah mich erstaunt an.

„Wer ist es? Kenne ich ihn? Wie habt ihr euch kennengelernt? Liebst du ihn?" „Stopp, stopp, stopp." Sagte ich, nicht so schnell. Am besten ich erzähle dir alles von Anfang an. Dann erzählte ihr die ganze Geschichte von mir und Omar. Das heißt nicht genau alles. Dass Omar eigentlich nicht auf Frauen steht, ließ ich aus. Aber dafür erzählte ich von seiner Verlobten und das sie bald heiraten wollen. Sie hörte verständnisvoll und aufmerksam zu und sagte danach: „Das ist doch schön, dass wir alle dabei glücklicher geworden sind."
Ich hatte so ein instinktives Gefühl, welches mich schon länger unbewusst beschäftigte und fragte: „Du hast so viel Verständnis. Hast du denn auch Erfahrungen mit dem gleichen Geschlecht?" Sie antwortete: „Früher ja. Da hatte ich mal eine intime Freundin." „Und, hat es dir gefallen?"

Fragte ich weiter. „Ja, es hat mir gefallen, aber dann habe ich dich kennengelernt und sie hatte kein Verständnis dafür. Deshalb hieß es für mich, sie oder du. Ich habe mich für dich entschieden." „Würdest du denn wieder eine Freundin haben wollen, wenn sie mich akzeptiert?" „Ich weiß nicht. Ich glaube, die Gefühle sind entscheidend." Antwortete sie. „Da hast du völlig Recht." Ich nahm sie in die Arme, legte sie aufs Bett und wir begannen mit unserer nächsten lustvollen Runde.

Am darauffolgenden Tag sagte sie mir: „Lade doch Omar und seine Verlobte Adiba am Wochenende zum Abendessen zu uns ein. Ich würde die beiden gern kennenlernen." Für einen Moment wurde ich etwas stutzig. Das ging alles so schnell. War sie wirklich ehrlich zu mir mit ihrem Verständnis? Aber ich kannte sie und wusste, dass sie immer sagt, was sie denkt und will. Deshalb schob ich meine Zweifel bei Seite und freute ich mich über ihre Offenheit.

Am nächsten Vormittag rief ich Omar an. Durch den ungeplanten Kurzurlaub mit ihm hatte ich die Woche darauf jeden Vormittag Besprechungen mit Klienten. Deshalb verabredeten wir uns an diesem Tag am Abend für eine Stunde in einem Café. Ich wollte ihm persönlich und ausführlich erklären, was sich ereignet hatte. Omar kam pünktlich und war sehr aufgeregt. „Was ist passiert?" Fragt er besorgt. „Hast du zuhause Ärger bekommen?" Ich lächelte und sagte: „Nein im Gegenteil, meine Frau lädt dich und Adiba für Samstagabend zum Essen ein. Sie möchte euch kennenlernen. Kannst du das ermöglichen?" „Ich muss." Sagte er und fragte beeindruckt: „Wie hast du das geschafft?" Jetzt erzählte ich ihm alles und auch er war erstaunt über die Reaktion von Sophie. Ja, er bewunderte sie regelrecht.

„Also mit ihr würde ich auch mal schlafen, wenn es erforderlich ist." Sagte er beeindruckt und lächelte mich frech an. „Sieh du erstmal zu, dass du es mit deiner Verlobten zu Stande bringst." Antwortete ich und musste lachen. „Erzähle Adiba und meiner Frau noch nichts von unserem Plan, dass wir zusammen ziehen wollen. Darauf müssen wir sie langsam vorbereiten." Fügte ich hinzu. „Klar doch. Aber ich bin da sehr zuversichtlich." Antwortete er.

Ich erklärte ihm: „Heute haben wir keine Zeit für uns, aber ich habe schon geplant, dass ich von jetzt an jede Woche am Montag, Mittwoch und Freitag immer am Vormittag zu dir komme, wenn du willst." Empört antwortete er: „Was heißt denn, wenn du willst? Warum sagst du so etwas? Ich freue mich immer riesig, wenn du da bist." Wir tranken unseren Kaffee und besprachen das Treffen am Wochenende. Zum Schluss schleppte mich Omar auf die Toilette, wo wir allein waren und uns zum Abschied küssten. Danach fuhr ich wieder nachhause und wartete mit Ungeduld auf den Samstagabend.

Es klingelt an der Tür. Mit etwas Herzklopfen lief ich, um unseren Gästen zu öffnen. Da standen Omar und seine Verlobte Adiba vor mir und beide lächelten mich an. Es verschlug mir kurz den Atem. Adiba war wirklich eine außergewöhnliche Schönheit. Jetzt kam meine Frau aus der Küche und begrüßte sie ebenfalls. Wir begleiten sie gemeinsam in das Wohnzimmer. „Bitte nehmt Platz, ich bin gleich wieder da. „Kommst du mal mit in die Küche?" Sagte Sophie zu mir. Als wir dort waren, fragte sie mich aufgeregt: „Was ist denn das? Das sind ja zwei bildhübsche Menschen. Also bei Omar kann ich dich völlig verstehen." Und sie lächelte mich an.

„Okay, aber jetzt muss ich wieder reingehen, wir können sie doch nicht gleich am Anfang alleine lassen." Und ich lief wieder ins Wohnzimmer, wo Omar und Adiba saßen. Ich war noch viel zu aufgeregt, um die Begeisterung von Sophie in mich aufzunehmen. „Entschuldigt. Meiner Frau benötigte Hilfe in der Küche. Sie ist gleich fertig." Sagte ich. „Wo ist die Küche?" Fragte Adiba. „Hier um die Ecke." Sie stand auf und sagte: „Ich geh ihr helfen." Ich wollte grade erwidern, dass das nicht nötig ist, aber Omar nahm meine Hand und flüsterte: „Lass sie, das ist so Tradition bei uns. Eine Frau darf nicht in der Stube sitzen, wenn eine andere in der Küche arbeitet. Sie muss ihr helfen." Ich sah ihm an und sagte: „Schön das ihr hier seid." Auch wenn seine Augen nur kurz aufblitzen, ließ dieser kleine Augenblick mein Herz gleich wieder höher schlagen. Etwas später deckten die Frauen den Tisch im Wohnzimmer.

Sophie rief die Kinder zum Essen. Die kamen schnell angerannt. Sie hatten im Vorfeld von Mama die Anweisung bekommen, sich erst sehen zu lassen, wenn sie gerufen werden. Deshalb warteten sie schon ungeduldig im Kinderzimmer. Jetzt war es so weit und sie konnten endlich unseren Besuch begrüßen. Zuerst stürmte der Große rein. Als er Adiba sah, stand er wie festgenagelt mit halb geöffnetem Mund im Zimmer. Sie hatte kein Kopftuch um und ihre langen schwarzen lockigen Haare fielen ihr bis auf den Rücken. Sie war schlank und trug ein rotes engansitzendes Kleid, das bis zu ihren Knöcheln reichte und mit Perlen bestickt war. Sie sah aus wie eine Prinzessin aus 1001 Nacht. Als sich unser Sohn nach einer langen Minute immer noch nicht rührte, sagte Sophie: „Das ist Jonas unser Sohn."

Adiba sah ihn an. „Du bist aber ein hübscher Junge. Guten Tag, ich bin Adiba." Und reichte ihm die Hand. Vorsichtig trat er näher, um sie zu begrüßen. Als er sie weiter anstarrte und nun ihre Hand auch nicht mehr los lies, sagte ich: „Schau mal hier ist noch jemand. Willst du ihn auch begrüßen" und zeigte auf Omar. Endlich kam er wieder zu sich, lief zu Omar und begrüßte ihn ebenfalls. In dem Moment kam unser Wirbelwind ins Zimmer gelaufen. Sie hatte sich etwas verspätet, denn sie wollte sich noch besonders hübsch machen. So kam sie mit ihren Ketten um den Hals und einem kleinen Armband angerannt. Auch sie sah zuerst Adiba. „Oh, du bist aber schön. Bist du eine richtige Prinzessin?" Fragte sie. Die wurde etwas rot und antwortete: „Nein ich heiße Adiba und wer bist du?" „Ich bin Rosie." Sagte sie und reichte ihr die Hand. Dann sah sie Omar: „Und wer bist du?" Fragte sie ihn neugierig und lief zu ihm. „Ich bin Omar. Entschuldige, wenn ich sprachlos bin. Aber ich habe mit so einer Schönheit wie dich, hier nicht gerechnet." Rosie strahlte wie ein Honigkuchenpferd und gab ihm die Hand zur Begrüßung.

„So, jetzt wo sich alle begrüßt haben, kommt bitte zum Tisch, das Essen ist fertig." Sagte Sophie. Wir setzten uns alle an die gedeckte Tafel. Rosi schaute, während wir aßen ständig zu Omar und flirtete mit ihm, der das natürlich erwiderte. Ich kannte ja seinen Blick, auch wenn ich seine Augen jetzt nicht sah, wusste ich, dass er Rosis Herz damit schon gewonnen hatte. Jonas schaute ständig nach Adiba, die ihn jedes Mal mit ihren strahlend weißen Zähnen anlächelte und sich köstlich amüsierte. Als wir mit dem Essen fertig waren, sagte Sophie zu den Kindern: „So wascht euch jetzt die Hände, putzt euch die Zähne und dann geht ihr wieder in euer Zimmer."

Rosi protestierte gleich. „Aber Mutti wir haben doch Besuch, können wir nicht noch ein bisschen bleiben?" „Ich hätte nichts dagegen." Sagte Omar freundlich zu Sophie gewandt. „Na gut, nach 20 Minuten, dann ist aber Schluss." Wir setzten uns wieder auf das Sofa und die Sessel. Da war für die Kinder kein Platz. Rosi stellt sich sofort neben Omar und fing an zu erzählen. Omar nahm sie und setzte sie auf seinen Schoß, worüber sie sichtlich stolz war. Ihre kleine Schnute hielt die 20 Minuten, die ihr blieben nicht still. Omar hörte aufmerksam zu und stellte ihr sogar zusätzlich Fragen. Das heiß für sie, sie führte ein richtiges Gespräch mit ihm. Das war das Größte. Jetzt hatte er endgültig ihr Herz erobert. Unser Großer setzte sich auf die Sessellehne, auf dem Mutti saß und sah dabei immer auf Adiba. Hörte aber nur zu, wie sich die beiden Frauen unterhielten, und sagte selber kein Wort. Die 20 Minuten vergingen wie im Pflug. „So jetzt wascht euch und dann ab ins Bett." Sagte Sophie zu den Kindern. Susi sah zu Omar und fragte: „Kommst du auch und sagst mir gute Nacht?" „Ja, wenn du es wünschst." Antwortete er. „Na dann bis gleich" rief sie und lief ins Kinderzimmer. „Soll ich dir ebenfalls Gute Nacht sagen." Fragte Adiba und sah dabei Jonas freundlich an. Der wurde tatsächlich rot und nickte. „Gut dann bis bald." Als er aus dem Zimmer war, sagte ich zu Omar. „Der Junge ist 6 Jahre alt. Der kann sich doch noch nicht für Frauen interessieren." Omar lachte: „Wie kommst du darauf. Kannst du dich nicht mehr an deine Zeit erinnern oder warst du ein Spätzünder?" „Na ja." Sagte ich. „Ist schon möglich, dass ich ein bisschen spät dran war." Sophie schaute mich an und sagte: „Das ist egal. Bei dir stimmt alles mein Schatz." Worauf ich und auch Omar lächelten. „So wir Frauen gehen jetzt. Wir haben in die Küche zu tun.

Soll ich euch noch ein Bier aus dem Kühlschrank bringen?"
Fragte Sophie. „Ja gerne." Sie zogen los und wir bekamen
unser Bier. Danach verschwand sie gleich wieder.

„Warum sind die denn in die Küche gegangen? Ist das auch
so ein Traditionsding bei euch?" Fragte ich Omar. „Ja, sie ist
der Versammlungs- und Besprechungsraum der Frauen.
Dort werden alle wichtigen und unwichtigen Entscheidungen
für die Familie getroffen." Lasse sie nur machen. Deine Frau
ist schwer in Ordnung und das hat Adiba auch gemerkt. Die
verstehen sich." Erklärte er. Ich sagte darauf: „Und die
Herzen unserer Kinder habt ihr ebenfalls schon gewonnen.
Das ist fantastisch. Du kannst gut mit Kindern umgehen und
wirst mal ein großartiger Vater." Omar lächelte. „Wir beide
gemeinsam werden das sein." Sagte er. „Du, wo ich jetzt
Adiba kennengelernt habe, steht dein Angebot immer noch,
dass ich mit ihr ein Kind zeugen kann?" Fragte ich spaßig. Er
lächelte: „Selbstverständlich, es gibt keinen Geeigneteren als
dich. Aber so wie wir es geplant haben, ist das ja egal."
Schnell antwortete ich: „Nein, du musst es mit ihr zeugen.
Ich will ein Kind von dir. Von mir hast du ja schon zwei
Prachtexemplare kennengelernt." „Das stimmt, du hast zwei
wunderbare Kinder und ich wünsche mir sehr, dass wir uns
alle gut verstehen." Sagte er. „So wie es angelaufen ist, kann
das klappen." Antworte ich.

„Kommt, den Kindern Gute Nacht sagen!" Hörten wir
Sophie rufen. Wir standen auf und liefen ins Kinderzimmer.
Adiba saß schon bei Jonas und lies sich anhimmeln. Rosi saß
mitten auf ihrem Bett und präsentierte sich in ihrem besten
Nachthemd. „Adiba hat mir schon Gute Nacht gesagt. Ich
warte auf euch." Rief sie, als wir das Zimmer betraten.

Wir liefen zu ihr und ich sagte: „Jetzt aber ab unter die Decke." Und wollte sie ins Bett legen und zu decken. Sie fragte: „Kann das heute nicht Omar machen?" Daraufhin setzte sich Omar zu ihr, legte sie ins Bett und deckte sie zu. Dann gab er ihr einen Kuss auf die Stirn und sagte: „Gute Nacht meine Prinzessin. Träume was Schönes." Auch ich gab ihr danach einen Kuss, obwohl ich nicht sicher war, ob sie das überhaupt bemerkt hatte, denn Omar hatte sie völlig verzaubert. So dass sie nur noch verträumt lächelnd dalag. Danach verließen wir das Kinderzimmer. „Ich glaube, die werden heute gut schlafen." Flüsterte mir Sophie beim zu. „Ja, und besonders gut träumen." Erwiderte ich lächelnd. Danach verschwanden die Frauen wieder in der Küche und wir begaben uns ins Wohnzimmer. „Wenn ich sicher wäre, dass Sophie und Adiba in der nächsten Stunde nicht reinkommen, dann wüsste ich, was ich mit dir anstelle." Flüsterte ich Omar ins Ohr. Wir waren ja die ganze Woche nicht zusammen gewesen und in seiner Nähe entwickelten sich jetzt in meinem Kopf die wildesten Fantasien, denen ich willenlos ausgeliefert war. „Hör auf, deine Worte erregen mich schon wieder." Antwortete er leise. Und da ich sah, dass tatsächlich die Erhebung in seiner Hose größer wurde, schlug ich vor: „Komm, ich zeige dir mal das Haus." Und führte ihn aus dem Zimmer, um ihn von seiner Erregung etwas abzulenken. Erst zeigte ich ihm das Erdgeschoß. Hier befanden sich das Wohnzimmer, die Küche, ein Bad, ein Arbeits- und ein Gästezimmer. Das Letztere war für unsere Eltern gedacht, wenn sie uns besuchten. Dann liefen wir in den Keller. Dort hatte ich einen Bastelraum. „Hier bastele ich hauptsächlich Modelle für mein Architektenbüro und keiner stört mich dabei." Sagte ich und griente ihn an.

Augenblicklich schnappte und küsste er mich. Ich schob ihn etwas von mir. „Wir müssen aber leise sein, sonst hört man das oben." Sprach ich mit gedämpfter, erregter Stimme. „Ja, das schaffen wir schon." Flüsterte er mir ungeduldig zu und zog mich wieder fest an sich. In diesem Flüsterton sprachen wir zum ersten Mal miteinander, was uns auf eine besondere Art und Weise stark erregte. „Ich bin so geil, weil wir uns die ganze Woche nicht gesehen haben." Sagte Omar. Das spürte ich, denn sein Glied pumpte schon aufgeregt und stieß dabei immer an meinen Bauch. Ich rutschte nach unten, öffnete seine Hose und holte diesen wunderen Zauberstab hervor. Er zuckte schon kräftig in meiner Hand und stand kurz vor der Entladung. Omar rührte sich nicht. Seinen Kopf hatte er bis in den Nacken nach ober geworfen und die Faust so tief er es vermochte in den Mund gedrückt, damit kein Laut aus ihm raus kam. Ich nahm sein Glied schnell in den Mund und schob ihn langsam immer tiefer hinein. Omar zitterte heftig und ich spürte, wie sein Samen langsam aufstieg. Voller Entzücken sah ich dabei zu, wie er aus ihm herausschoss.

Da er die Hose schon unten hatte, sagte ich danach, er solle sich umdrehen und bücken. „Ich weiß nicht, ob ich dabei ruhig bleiben kann." Flüsterte er etwas ängstlich. Aber er zog dann seine Sachen aus, denn er liebte es, nackt zu sein, und mir gefiel es auch. Dann drehte er mir den Rücken zu. Ich küsste seinen Po. Zu sehr wollte ich ihn aber heute damit nicht in Ekstase bringen. Er sollte die Ruhe bewahren können. Als seine Rose durch meine Küsse feucht war, stand ich auf und drückte ihn mein Glied langsam hinein. „Bewege du dich jetzt. Ich bleibe ruhig stehen. Da kannst du deine Erregung besser steuern und den Rhythmus angeben. So fällt es dir leichter, nicht lauter zu werden." Flüsterte ich ihm ins Ohr. Er bewegte sich langsam und nur wenig.

Ich sah nach unten auf seinen Po, wie er sich, wie in Zeitlupe, vor und zurückbewegte. Sein ganzer Körper war angespannt und zitterte dabei fortwährend. Ich wusste ja wie heftig es ihn immer erregte, wenn ich in ihm war. Mir war deshalb bewusst, wie sehr er sich in diesem Augenblick zusammen reißen musste. Das sah so geil aus und auch ich setzte meine ganze Willenskraft ein, um mich nicht doch in ihm zu bewegen. Ich schloss die Augen und konzentrierte mich nur auf das unaufhörlich steigende Gefühl der Lust, die mich erfasste. Omar wimmerte leise vor sich hin und bewegte sich weiterhin nur wenig. Ich glaubte, den Verstand zu verlieren. Ich wurde immer erregter in ihm aber es passierte kaum etwas, um meine und seine unerträglich gewordene Anspannung zu lösen. So vorsichtig und langsam hatte ich es mir dann doch nicht vorgestellt. Ein klein wenig bewegte ich mich deshalb, aber er wimmerte gleich etwa lauter. Also beendete ich meine Aktivitäten sofort wieder. Dann sah ich weiter zu, wie er seinen Unterleib vorsichtig bewegte und hörte, wie er dabei herzerbarmend leise wimmerte. Ich wusste nicht mehr, ob es eine Qual für ihn war oder ob es ihm wirklich gefällt. Deshalb fragte ich leise: „Ist es in Ordnung so?" Oh ja, antwortete er. „Ist das wahr?" Und versuchte, noch einmal eine Bestätigung von ihm zu bekommen. Ich wollte sicher sein, dass er das nicht nur sagt, um mir eine Freude zu bereiten. „Ja, ich wünschte, es würde nie aufhören. Das ist so herrlich. Dich in mir zu spüren. Lass ihn in mir." Flüsterte er mit abgehackter Stimme. „Oh, du siehst so schön in deiner starken Erregung aus. Und dein herzzerreißendes Wimmer erzeugt in mir wonnevolle Schauer." Gab ich leise zurück. Diese Art der „ruhigen" Vereinigung war neu für uns. Ich hatte mit der Zeit das Gefühl, unsere beiden Körper werden zu einem.

Als ob wir auf eine wunderbare Art und Weise allmählich miteinander verschmelzen.

Zugegeben es entstand aus der Not heraus, aber anscheinend hatten wir etwas Großartiges dabei entdeckt. Endlich kam es mir dann doch und durch die weiterhin nur leichten Bewegungen, kam dieser Orgasmus extrem langsam in mir hoch. Das war atemberaubend. Danach brauchte ich ein paar Minuten, bis sich meine Körperreflexe wieder normalisiert hatten. Omar hatte mich dabei die ganze Zeit im Arm und streichelte mich liebevoll. „Es ist alles gut." Flüsterte er, während mein Körper immer wieder in kurzen Abständen heftig zuckte. Ich klammerte mich fest an ihn. Er war mir noch nie so nah wie in diesen Moment. Nachdem wir uns etwas erholt hatten, liefen wir nach oben und setzten uns ins Wohnzimmer.

Um 22:00 Uhr war der erste gemeinsame Abend leider schon zu Ende. Omar hatte den Auftrag, Adiba wieder pünktlich zuhause abliefern. Noch waren sie nicht verheiratet und für ein junges lediges Mädchen gab es strenge Regeln. Deshalb verabschiedeten wir uns an diesem Abend.

Nachdem Adiba und Omar gegangen waren, saß ich mit Sophie im Wohnzimmer. Wir beendeten diesen ereignisreichen Abend mit einem Glas Wein. Sophie war schon beschwipst. „Was habt ihr denn in der Küche die ganze Zeit erzählt und gekichert?" Fragte ich sie neugierig. „Wenn sich Frauen allein unterhalten, sollten Männer nicht alles darüber wissen." Bekam ich zur Antwort. „Aber ihr habt uns den ganzen Abend allein gelassen." „Leo, sag jetzt nicht, dass euch das gestört hat." Ich musste lächeln und sie sah es. „Siehst du. Adiba und Omar sind wirklich sehr sympathische und hübsche junge Menschen.

Obwohl sie so bezaubernd aussehen, habe ich nicht bemerkt, dass sie sich darauf etwas einbilden, wie die meisten in der Situation." „Na ja, wir sind auch sehr hübsch und bilden uns nichts darauf ein." Sagte ich lächelnd. „Da hast du Recht." Stimmte sie mir selbstbewusst zu. „Ich finde, wir passen gut zusammen und unsere Kinder sind sowieso schon begeistert von ihnen." Sagte ich zu ihr. „Ja, darum habe ich mich für morgen mit Adiba in der Stadt zum Shoppen verabredet. Du musst deshalb mal die Kinder vom Kindergarten abholen." „Ach so!" Antwortete ich verwundert. Sie gab aber keine weiteren Erläuterungen dazu ab. Was ich auch nicht erwartet hatte.

Ab dieser Zeit trafen wir uns regelmäßig in unserm Haus und ich besuchte Omar drei Mal in der Woche, wie geplant. Die beiden Frauen verabredeten sich ebenfalls öfter allein in der Stadt. Omar erzählte mir, dass Adiba begeistert von Sophie ist. „Ich glaube, da bahnt sich was an." Sagte er lächelnd. „Aber Omar unsere Frauen sind uns doch nicht untreu." Antwortete ich gespielt empört. Wir sahen uns schelmisch an und lachten. Als sie eines Abends wieder bei uns waren und wir zufällig mitbekamen, wie Sophie und Adiba sich in der Küche küssten, liefen wir unbemerkt ins Wohnzimmer zurück. Omar sah mich strahlend an und war ganz aus dem Häuschen: „Leo ich glaube unser Plan geht auf." Worauf ich grienend antwortete: „So wie ich Sophie kenne, ist das bald nicht mehr unser Plan. Den wird sie uns aus der Hand nehmen." Wir küssten uns dann leidenschaftlich. Da es dabei schon wieder in unseren Hosen zu heftigen Bewegungen kam und wir leise stöhnten, stiegen wir schnell den Keller hinunter. Wir hatten als Alibi für unseren häufigen Aufenthalt dort ein gemeinsames Bastelprojekt begonnen.

Auf der Treppe nach unter ließ Omar seine Hand nicht mehr von meinem Hintern und streichelte ihn liebevoll. Mir war klar, was mich heute erwartete und freute mich schon darauf. Ich nahm seine Hand und sagte: „Komm schnell, lass uns runter gehen.“

Als ich am späten Abend mit Sophie im Bett lag und sie sich an mich angekuschelt hatte, fragte ich sie: „Und, wie läuft es mit dir und Adiba?“ „Gut, sie ist sehr lieb.“ Bekam ich zur Antwort. Da sie aber weiter nichts dazu sagte, sprach ich zu ihr. „Sophie, wir wollten nie Geheimnisse voreinander haben. Deshalb habe ich dir ja auch von mir und Omar erzählt …“ „Ja, aber erst als ich dich danach gefragt habe.“ Unterbrach sie mich. „Okay, dann frage ich dich jetzt. Wie stehst du zu Adiba?“ „Ich mag sie sehr und wir haben ein intimes Verhältnis miteinander.“ „Und, bist du glücklich?“ „Oh, ja.“ Antwortete sie. „Willst du mich jetzt verlassen?“ Fragte ich. Sie sah mich erschrocken an: „Nein! Wie kommst du darauf. Willst du mich denn verlassen?“ Ich lachte: „Natürlich nicht. Ich liebe dich und möchte mit dir mein Leben verbringen.“ „Ich auch.“ Bestätigte sie mir und schmiegte sich fest an mich. „Aber was hältst du davon, wenn wir das Haus ausbauen und eine zweite Wohnung für die beiden schaffen. Sie werden bald heiraten und brauchen ein eigenes Heim. Dann könnten wir zusammen wohnen?“ „Die Idee klingt verlockend. Aber lass mir ein bisschen Zeit.“ Und kurze Zeit später fragte sie: „Meinst du das Omar das mit mir und Adiba akzeptiert? Er stammt aus einer anderen Kultur, da denkt man vielleicht anders darüber.“ „Ich glaube, er wird es akzeptieren.“ Und musste mir dabei ein Lächeln verkneifen, denn ich fand es amüsant, sie etwas auf die Folter zu spannen. „Ich werde mit ihm reden.“ „Gut, dann tu das.

Aber vorsichtig. Ich möchte nicht, dass dadurch unsere Freundschaft zerstört wird. Wenn er und Adiba unter diesen Umständen hier mit einziehen, dann hätte ich nichts dagegen." Sagte Sophie. „Ja ich werde mit ihm darüber in aller Ruhe reden. Aber ich glaube, er wird es verstehen."

Mit Omar sprach ich gleich am nächsten Vormittag und er wollte sich jetzt ebenfalls mit Adiba aussprechen. Er nahm sich vor, ihr alles über die Situation zwischen ihm und mir zu erzählen, und sie fragen, ob sie damit einverstanden ist. Auch über die Aussicht, dass sie beide eine Wohnung in unserem Haus bekommen könnten. Nach zwei Tagen, als ich wieder bei ihm war, platze er gleich los, als ich rein kam: „Ich habe mit Adiba sehr lange gesprochen. Sie mag Sophie sehr. Dich natürlich auch. Und von den Kindern ist sie ebenfalls begeistert. Es wäre für sie schön, wenn wir zusammen leben." Er strahlte mich voller Freude an: „Leo, wir haben es geschafft. Ich liebe dich." Seine Gefühle überwältigten ihn und er konnte sich nicht bewegen. Nur ein paar Freudentränen kullerten über seine Wangen. So stand er ganz steif vor mir. Ich nahm ihn in die Arme und mein Herz schlug wild vor Glück. Kann das wirklich so einfach sein, glücklich zu werden, dachte ich.

Omar und Adiba heirateten im Frühjahr des darauffolgenden Jahres und zogen danach in die neue Wohnung, welche ich nach ihren Wünschen ausgebaut hatte. Unsere Kinder waren völlig überdreht und freuten sich riesig. Obwohl wir zwei Wohnungen hatten, wohnten wir meistens in der Küche und im Wohnzimmer gemeinsam. Manchmal teilten wir uns auch das Schlafzimmer zu viert oder zu dritt, wenn einer von uns nicht da war. Ich hatte schon vorsorglich in der neuen Wohnung ein besonders großes Schlafzimmer, mit angrenzenden Whirlpool gebaut.

Omar war fasziniert von Adibas zauberhafter Ausstrahlung, wenn sie mit Sophie lustvoll zusammen war. Und Adiba beobachtete neugierig seine überwältigende Ekstase, wenn er sich bei mir verlor. Dadurch kamen auch sie sich emotional und körperlich näher. Obwohl sich seine Frau dann doch mehr an Sophie hielt und er sich an mich. So wie wir es liebten.

Aber wir hatten auch weiterhin zu zweit unsere Freiräume, die wir gerne und fantasievoll nutzten. Als ich am Abend wieder einmal mit Sophie allein im Bett war, kam sie zu mir angekrochen und streichelte meinen Hintern. Dann sagte sie: "Omar hat aber auch einen richtig geilen Po." „Das habe ich schon bemerkt, wie er dir gefällt, wenn du ihn mit deinem verklärten Geschichtsausdruck streichelst." Antwortete ich und lächelte dabei. „Ja, manchmal wünschte ich, dann ein Mann zu sein, um ihn voll in Besitz zu nehmen, so wie du es mit Ihm tust." „Ja, mein Schatz, das kann nur ich." Sagte ich stolz und lachte dabei. „Also im nächsten Leben möchte ich ein Mann sein." Beschloss sie. „Aber vielleicht ist dann Omar eine Frau." Gab ich zu bedenken. „Wenn er so geil ist wie jetzt, dann würde mich das auch nicht stören." Antwortete sie und lachte ebenfalls. „Wie gefällt dir denn mein Hintern. Ist er so viel schlechter als der von Omar?" Fragte ich sie. Dabei legte ich mich auf den Bauch und hob ihn an.. „Nein auf keinen Fall. Du weißt, dass ich ihn auch super geil finde." Und sie streichelte ihn wieder liebevoll. „Na dann tu dir keinen Zwang an und nimm ihn dir." Denn ihre Streicheleinheiten zwischen meiner Furche erregten mich schon langsam. Jetzt wurde Sophie ebenfalls leidenschaftlicher und führte ein Finger in mich rein. Ich stöhnte und sagte: „Einer ist zu wenig. Nimm mehr."

Und danach testeten wir aus, was möglich ist und es erregte uns beide sehr. Etwas später hockte ich mich auf allen vieren aufs Bett und rief: „Ja, das ist geil. Jetzt nimm mich." Vorauf Sophie rief: „Aber das kann ich doch nicht." Ich drehte meinen Kopf zu ihr und sah in ihr Gesicht, das mich verzweifelt ansah. Ich musste plötzlich lachen und sie auch. Unsere Erregung verflog. Wir umarmten uns, lachten einfach weiter und konnten so schnell nicht mehr aufhören.

Adiba wurde auch bald schwanger und wir freuten uns alle schon sehr auf das Kind. Es war ganz sicher von Omar. Ich ging nie soweit mit ihr, denn ich wollte ja ein Kind von ihm. Auf der Familienfeier anlässlich des 60. Geburtstages meines Vaters kamen plötzlich alle und gratulierten uns. Wir wussten aber nicht warum und waren überrascht darüber. Endlich klärte es sich auf. Unser Wirbelwind, Susi, hatte allen voller Freude erzählt, dass sie bald ein kleines Brüderchen oder Schwesterchen bekommt. Schnell stellten wir in unserer Verwandtschaft den Sachverhalt richtig. Und erklärten, dass es sich um unsere Freunde handelte.

Als wir später auf der Feier kurz allein waren, sagte Sophie zu mir: „Im Grunde genommen hat sie ja recht, das wir ein Kind bekommen. Jedenfalls fühle ich es so." Und ich antwortete: „Natürlich hat sie recht, aber willst du es denn unserer Verwandtschaft erklären?" Sie lachte und antwortete: „Oh, mein Gott, das wäre ein Skandal für sie." Und nachdenklich fügte sie hinzu: „Schade eigentlich." Ich nahm sie in den Arm und küsste sie: „Das ist nicht wichtig, ob sie es wissen oder nicht. Hauptsache wir sind glücklich. Es wird eine Zeit geben, wo jeder öffentlich so leben kann, wie er will und keiner stört sich daran. Vielleicht erleben wir es ja noch. Ich glaube, dass dann viele Menschen so leben wie wir.

Vielleicht entwickeln sich dadurch noch ganz andere Formen des Zusammenlebens." Sophie sah mich spöttisch an und sagte: „Ich hoffe nur, dass du nicht noch auf andere Ideen kommst." Ich lachte und antwortete: „Nein, ich glaube nicht, dafür bin ich noch zu fest mit den alten, aber eigentlich falschen Normen über die Liebe verankert. Und so wie es bei uns ist, gefällt es mir."

Zweimal im Jahr fuhren Omar und ich sowie Sophie und Adiba für eine Woche in den Kurzurlaub. Die Zeit nutzten wir, um ungestört unsere Zweisamkeit zu genießen. In dieser Zeit kümmerten sich die anderen beiden um die Kinder und hatten natürlich auch am Abend Zeit für sich. Wenn Omar und ich im Urlaub waren, lagen wir manchmal stundenlang am See oder segelten auf einem Boot und genossen unsere Zweisamkeit. Es war Tradition, dass wir beide immer zum Stechliner See fuhren. Den großen Urlaub erlebten wir dann gemeinsam mit den Kindern. Darauf freuten sich alle. Omar war vernarrt in die Kinder und sie nutzten jede Gelegenheit etwas mit ihm gemeinsam zu unternehmen.

Mit unseren Nachbarn verstanden wir uns ebenfalls prima. Mir war aufgefallen, dass der Sohn von ihm, ständig bei Omar hockte, wenn wir alle mal beieinander waren. Er sah sehr hübsch aus und war 19 Jahre alt. Eines Tages, als wir wieder mit unserem Nachbarn grillten und die beiden den ganzen Abend zusammen hockten, sah ich mich veranlasst, Omar daran zu erinnern, was er mir am Stechliner See gesagt hatte. Nämlich, dass er nichts dagegen hat, wenn ich mit meiner Frau schlafe, Hauptsache nicht mit einem anderen Mann. „Warum sagst du mir das?" Fragte er erstaunt. „Na wenn ich dich und Philipp so manchmal zusammen sehe, dann bemerke ich schon, wie er dich anhimmelt.

Ich bemerke auch, dass es dir gefällt." Antwortete ich. „Oh Leo, da musst du dir keine Sorgen machen. Ich liebe dich und das wird immer so sein." Dann sah er mich mit leuchtenden Augen liebevoll an und sagte spaßig: „Und wenn sich ein hübscher Mann dafür interessiert, dann nur mit dir zusammen." „Hör auf!" Rief ich und wunderte mich darüber, dass mir dieser Gedanke dann doch nicht völlig absurd vorkam.

Später erzählte ich Sophie von dem Gespräch, als sie mir erzählte, dass sie unsicher ist, ob Omar das mit ihr und Adiba akzeptieren würde. „Wir haben euch vorher schon gesehen, wie ihr euch in der Küche geküsst habt. Omar war ganz aus dem Häuschen vor Glück. Also ihm brauchte ich nicht vorsichtig beizubringen, dass ihr euch so nah gekommen seid." „Du bist gemein! Mich so zappeln zu lassen" rief sie und trommelte mit ihren kleinen Fäusten auf mich ein. Ich lachte und hielt ihre Arme fest. Dann küsste ich sie und wir versanken im Bett. Leidenschaftlich nahm ich sie. Als wir wieder zur Ruhe gekommen waren, schmiegte ich mich an sie und sagte: „Ich liebe dich." „Und was ist mit Omar?" Fragte sie. „Ich liebe euch beide von ganzem Herzen." Antwortete ich. „Ich auch" hörte ich Sophie sagen.

***

Zeichenmappe „Der Liebesreigen"

-Miniaturauszug 2-

2. Auf dem Hügel der Lust

„Wartest du schon lange Max?" Rief Eva mir von weitem zu. „Ja, ganze zehn Monate." Antwortete ich im Spaß. Evas Großeltern lebten hier im Dorf und sie besuchte sie seit ihrer Kindheit jedes Jahr in den Sommerferien. Heute war sie gerade wieder angekommen und hatte sich mit mir an unserem alten Treffpunkt verabredet. Schon als Kinder spielten wir zusammen. Erst waren es Sandkastenspiele, später waren es dann Doktorspiele, bei denen wir unsere körperlichen Unterschiede genauestens erforschten. Es war eine aufregende Zeit, in der wir gemeinsam jeden Sommer unsere Kindheit verlebten. Aber eigentlich wurde es richtig ernst, als wir 13 Jahre alt waren. Als Eva als „Frau Doktor" wieder einmal genaue Untersuchungen bei mir vollzog, wurde mir plötzlich komisch und ich rief: „Hör auf" Aber da war es schon zu spät. Ich bekam meinen ersten Orgasmus. Wir wussten nicht, was passiert war. Eine Erektion hatte ich nicht dabei und es kam auch kein Samen. Und dass es ein Orgasmus war, der mich so aus der Bahn geworfen hatte, erfuhr ich auch erst später. Erschrocken hörten wir sofort mit den Untersuchungen auf. „Was ist dann mit dir los?" Fragte Eva verwundert. „Ich weiß auch nicht, aber mir wurde plötzlich ganz komisch." Antwortete ich. Zwei Tage später bekam ich im Schlaf dann meinen zweiten Orgasmus und mein Boxer Short, in der ich schlief, wurde dabei nass. Danach war es mir klar, dass ich geschlechtsreif geworden war. Ich erzählte es Eva. Da sie die „Frau" in meinem Leben war, die den ersten Orgasmus an mir hervorgerufen hatte, gaben wir uns einen Kuss auf den Mund und beschlossen, ein Paar zu werden. Allerdings setzen wir die Doktorspiele nicht mehr fort.

Wir küssten und streichelten uns. Aber nur bis zur Gürtellinie. Manchmal zeigten wir uns gegenseitig die Geschlechtsteile, weil wir neugierig waren, wie sie sich Jahr für Jahr entwickelten. Besonders war Eva beeindruckt, wenn sie meinen steifen Penis sah. Wenn wir zusammen waren und sie die immer größer werdende Erhebung in meiner Hose wahrnahm, bat sie mich meistens, ihn raus zu holen, damit sie ihn staunend beäugen konnte. Einmal nahm ich mein Glied in die Hand. Dann fuhr ich damit immer entlang und zeigte ihr, wie zum Schluss der Samen aus mir raus spritzt. Da ich stöhnte, als es mir kam, wurde sie neugierig: „Wie fühlst du dich dabei, wenn das da aus dir raus kommt?" Wollte sie wissen. Aber es war mir nicht möglich, ihr das so zu beschreiben, damit sie es verstehen konnte. „Fass du dich mal da Untern an." Bat ich sie deshalb. Das tat sie dann und streichelte ihre Schamlippen. „Und gefällt es dir?" Fragte ich. „Ja" antwortete sie, aber hörte gleich danach wieder auf. Es war ihr wohl noch ein bisschen unheimlich. „Streichele dich einmal länger daran. Vielleicht kannst du dann selbst spüren, was das für ein Gefühl ist." Sagte ich zu ihr. „Das probiere ich später mal." Antwortete sie. Das fand ich doof. Da sie mich aber davon ausschloss, lies ich sie an meinem Orgasmus auch nicht mehr teilhaben. Auch unsere Geschlechtsteile zeigten wir uns nicht mehr und ihre kleinen Brüste, die sich gerade entwickelten, durfte ich auch nicht mehr streicheln. Bisher hatten wir uns alles erzählt und gezeigt, aber das wurde jetzt anders. Trotzdem verstanden wir uns weiter sehr gut und waren glücklich, wenn wir zusammen sein konnten.

Das alles begann schon vor drei Jahre. Wir waren seitdem ein Paar in den Sommerferien. Darauf freuten wir uns das ganze Jahr. Eva wohnte in München. Zwar hatte sie mich schon öfter zu sich eingeladen, aber ich hatte keine Lust in die

Großstadt zu fahren. Ich fühlte mich wohl, in meinem Dorf und in den Bergen. Große Städte waren mir ein graul. Schon als Kind arbeitete ich auf dem Bauernhof der Eltern und irgendwann würde ich ihn übernehmen. Mein Weg war vorgezeichnet und ich fühlte mich geborgen und sicher. Ein besseres Leben konnte ich mir nicht vorstellen. Trotz meiner 16 Jahre war ich durch die harte Arbeit auf dem Hof schon ziemlich kräftig und hatte dadurch eine männliche Figur. Heute war Eva wieder über die Sommerferien bei ihren Großeltern angekommen. Wie es Tradition bei uns war, trafen wir uns an dem Tag ihrer Ankunft um 15:00 Uhr an unserer alten Stelle auf dem Hügel. Ich hatte mir vorgenommen, wie immer, in diesem Sommer viel Zeit mit ihr zu verbringen. Wenn sie in den Ferien da war, hatte ich auf dem Hof weniger Aufgaben, denn meine Eltern wussten von unserer Freundschaft. Ich bekam mehr Freizeit, damit ich öfter mit Eva etwas unternehmen konnte.

Bei der Begrüßung umarmten und küssten wir uns. „Ich habe dich so vermisste." Sagte sie und ihre Augen strahlten mich dabei an. „Du hast mir auch gefehlt. Ich freue mich, dass du jetzt wieder hier bist" bestätigte ich ihr. Seit wir zusammen waren, trafen wir uns fast jeden Tag auf diesen kleinen bewaldeten Hügel oberhalb des Dorfes. Von dort konnten wir auf den ganzen Ort, die Berge und die Wälder schauen. Der Hügel war vom Dorf aus zu sehen, wurde aber von den Leuten dort nicht beachtet. Zum einem führte kein Weg dorthin. Zum anderen gab es einfach zu viele attraktivere Orte in der Nähe, an den man sich aufhalten konnte. Zum Glück für uns, denn so waren wir dort ungestört. Nachdem wir uns ins Gras gesetzt hatten, schauten wir eine Zeitlang auf dieses herrliche Panorama, welches sich uns von hier oben bot. Eva und ich waren in diesem Jahr zum ersten Mal wieder hier. So genossen wir nach langer Zeit die herrlichen Eindrücke, die uns die Natur hier mitten in den Bergen schenkte. Dann erzählte Eva mir von München. Sie war sehr begabt und spielte Geige. Deshalb hatte sie sich an einem Musikgymnasium beworben und beschrieb mir in allen Einzelheiten, wie sie sich für das Probevorspiel vorbereitet hatte und wie aufgeregt sie war, als sie dann vorspielen musste. Sie wurde danach in das Gymnasium aufgenommen und wird nach den Ferien dort die Schule besuchen. Neben ihren normalen Schulplan hatte sie jeden Tag danach noch 3 Stunden Musikunterricht. Das störte sie aber nicht. Im Gegenteil, sie war total begeistert davon. Ihr Mund stand nicht still. Immerfort erzählte sie von München und dem Gymnasium. Während sie weiter sprach, nutzte ich die Gelegenheit, sie einmal ausgiebig anzusehen. Ich stellte fest, dass sie sich seit unserem letzten Treffen vor einem Jahr verändert hatte. Sie trug ein buntes Sommerkleid und war noch hübscher geworden. Plötzlich wurde sie still und sagte: „Du sagst ja gar nichts." Ich musste lachen: „Wenn du die ganze Zeit ununterbrochen erzählst, wie kann ich da was sagen?" „Entschuldige, aber du kennst mich ja." Antwortete sie schnell.

Oh ja, ich kannte sie. Auch hatte ich bemerkt, dass der Begrüßungskuss in diesem Jahr außergewöhnlich leidenschaftlich war. Sie hatte dabei ihren Körper fest an meinen gepresste und das erregt mich. So wurde ich von ihr noch nie geküsst. Sie hat wohl in München etwas dazu gelernt, dacht ich. Aber das störte mich nicht. Mir reichte es, wenn wir in den Ferien zusammen waren. Sie würde sowieso nie in mein Dorf ziehe und ich nicht nach München, das war klar. So genossen wir jedes Jahr die Ferienzeit miteinander.

Und in dieser Zeit gab es nur uns. Sie sah mich an und musterte mich: „Du bist erwachsender geworden." Sagte sie. „Wie meinst du das?" Fragte ich. „Na du siehst schon aus wie ein richtiger Mann. Du hast eine breite Brust bekommen, stärkere Arme, einen knackigen strammen Po und ein kleiner Bart wächst dir auch schon. Ich glaube, dein Penis ist bestimmt auch noch größer geworden." Über Letzteres sprach sie nach 3 Jahren das erste Mal wieder. Jetzt musterte ich sie noch einmal genauer und nahm wahr, dass auch sie reifer aussah. „Du hast dich aber ebenfalls verändert. Deine Brüste sind gewachsen." „Meist du?" Fragte sie kokett zurück. „Oh ja du hast schöne Brüste. Die würde ich gern mal wieder in die Hand nehmen. „Hör auf." Sagte sie und lachte dabei etwas verlegen. Während wir uns küssten, legte ich vorsichtig meine Hand auf ihr Knie. Als ich mit der Hand etwas tiefer an ihrem Schenkel entlang glitt und schon, wie im letzten Jahr, testen wollte, wie weit sie es zu lies, öffnete sie leicht ihre Beine. Das war neu für mich und ich wurde neugierig darauf, wie weit ich gehen konnte. Vorsichtig und etwas unsicher strich ich mit der Hand an der Innenseite ihres Oberschenkels immer weiter hinauf und sie ließ es zu.

Ich fühlte mich wie in einem Traum. Mit jedem Zentimeter, den ich mit meiner Hand höher kam, schlug mein Herz schnelle. Nach kurzer Zeit war ich zwischen ihren Schritt und streichelt zärtlich ihre Schamlippen durch ihren Schlüpfer. Ich konnte es noch gar nicht glauben, dass sie mich so weit nach oben lies und mir war etwas schwindlig vor Aufregung. Sie hatte nur ein dünnes Höschen an und ich bemerkte, dass es feucht wurde. Sie hatte die Augen geschlossen und stöhnte leise. Als sie dann ihre Beine weiter spreizte, führte ich meine Hand in ihr Höschen. Ihre Muschi hatte sie mir ja früher schon öfter mal gezeigt, aber anfassen durfte ich sie bisher noch nie. Heute war es so weit. Und ich musste sie dazu nicht einmal verführen, sondern sie zeigte mir deutlich, dass sie selbst bereit dafür war. Das rief in mir ungeahnte Glücksgefühle hervor, denn es ließ mich hoffen, dass heute mehr passieren kann. Ihre Muschi war weich und es fühlte sich gut an. Mit dem Mittelfinger fuhr ich vorsichtig zwischen ihren feuchten Schamlippen. Dabei stöhnte sie leise. Deshalb tat ich es weiter. Mit der Zeit bemerkte ich eine kleine Verhärtung und spielte mit meinem Finger daran. Wie ich aus Büchern kannte, war das sicherlich ihr Kitzler. Sie flüsterte aufgeregt: „Ja das ist herrlich, streichele mich dort weiter." Und zog ihr Höschen aus. Da verlor ich meine letzte Unsicherheit. Wir legten uns ins Gras und ich brachte sie zielstrebig, mit immer schnelleren Bewegungen an ihrem Kitzler in Ekstase. Ihre ansteigende Erregung und ihr wollüstiges Stöhnen dabei, erregten mich jetzt ebenfalls. Zwischen meinem Schritt kam Bewegung. Mein Glied pumpte aufgeregt und wurde dabei immer größer, bis es hart war. Unerbittlich stieß es mit rhythmischen Bewegungen an meine enge Hose. Durch diese ständige Reibung die es dadurch ausgesetzt war, erregte es mich immer stärker und ich befürchtete, dass es mir bald kam und sich eine volle Ladung meines Samens in ihr ergoss. Bald hielt ich es nicht mehr länger aus und befreite es aus seiner Bedrängnis. Eva merkte davon nichts, desto schneller ich mit meinem Finger an ihren Kitzler spielte, umso erregte wurde sie. Sie hatte die Augen geschlossen, wand ihren ganzen Körper vor Erregung hin und her und wimmerte dabei laut. Gleichzeitig fing ich jetzt an, mit der anderen Hand an meinem steifen Glied entlang zu gehen, da mich ihre Raserei auch immer stärker erregte. Plötzlich wurde es still und sie zitterte am ganzen Körper. Da ich nicht wusste, was mit ihr los war, hörte ich auf an ihr und an mir zu spielen und sah etwas erschrocken zu ihr.

Eva lag danach mit geschlossenen Augen und einem zufriedenen Gesichtsausdruck im Gras. Alles war in Ordnung. Sie hatte ihren ersten richtigen Orgasmus erlebt und war überwältigt. Als sie kurz Zeit später die Augen öffnete, sah sie mich strahlend an und rief: „Das war der Wahnsinn. Ich hätte nicht gedacht, dass es so schön sein kann. Ich habe es mir für dich aufgehoben, denn auch ich war ja die erste in deinem Leben " Ich gab ihr einen langen Kuss. Dann schaute sie zu mir nach unten und sah mein Glied, welches noch immer steif war. Ich wollte es jetzt zu Ende bringen und fuhr damit fort, wie gewohnt, meine Hand an ihm hoch und runter gleiten zu lassen. „Hör auf Max, ich will das heute machen." Sagte sie und begab sich gleich danach ans Werk. Mein Glied zuckte kraftvoll, was ihr offensichtlich gefiel. Jedes Zucken erzeugte in mir eine Welle des Glücks, die durch meinen Körper schoss. Es war viel stärker und schöner wenn sie es tat und ich nicht selber Handanlegen musste. Aber es kam noch besser. „Zieh deine Hose aus und leg dich auf den Rücken." Bat sie mich. Das ließ ich mir nicht zweimal sagen. So lag ich im Gras und genoss ihre Liebkosungen an meinem harten Glied. Erst tat sie es mit der Hand, aber dann führte sie ihn in ihren Mund und schob ihn darin hoch und runter. Ich flippte total aus. Ich hatte zwar schon orale Fantasien, aber dass es so geil ist hatte ich noch nicht vorgestellt. Langsam fühlte ich, wie sich in mir ein Orgasmus aufbaute und hielt es kaum aus. „Schneller, schneller." Rief ich. Wenn ich es selber tat, wurde ich dabei immer schneller. Sie aber nicht. Deshalb kam es diesmal langsam in mir hoch. Dabei wurde meine orgastische

Ekstase immer stärker. Ich drehte meinen Körper in erregter Spannung und brüllte laut. Endlich erreichte ich den Gipfel dieses unglaublichen Höhepunktes. Als alles aus mir raus war, legte ich mich völlig erschöpft auf den Bauch. „Das müssen wir ab jetzt öfter tun." Sagte ich begeistert. „Ja, wenn du willst." Bekam ich zur Antwort. Die Vorstellung, so etwas jeden Tag mit Eva zu erleben, rief in mir ein starkes Glücksgefühl hervor.

Danach lagen wir eine Weile glücklich und zufrieden nebeneinander im Gras. Wir redeten nicht, sondern genossen die tiefe, entspannte Befriedigung, die sich jetzt in uns ausbreitete. Es war ein gutes Gefühl, Eva dabei an meiner Seite zu spüren. Nach einer Weile setzte sie sich, mir zugewandt, im Schneidersitz an meine linke Seite. Ich lag immer noch auf dem Buch. Die Hose hatte ich nicht angezogen. „Ich bin so begeistert von dem, was ich mit dir gerade erlebt habe und finde keine Ruhe. Lass mich dich ein bisschen streicheln. Bleibe einfach liegen und genieße es." Sagte sie. Eva fing an, mit ihrer Hand über meinen Po zu fahren. „Du hast einen sehr schönen Hintern. Schon oft habe ich mir vorgestellt, wie es wäre, ihn überall zu streicheln und zu erforschen. Und dieses Jahr ist er noch reizvoller geworden." Sagte sie. „Du hast auch einen schönen Po." Antwortete ich. „Du hast ihn dir ja noch gar nicht richtig angesehen" „Das erforsche ich später" gab ich zurück. Jetzt wollte ich aber erst einmal ihre Streicheleinheiten genießen. Mein bester Freund Paul, sagte mir auch immer, dass ich einen geilen Hintern habe. Bei jeder Gelegenheit, wenn wir allein waren, streichelt er ihn und knetete ihn zärtlich. Am Anfang habe ich dagegen protestiert. Da meine Proteste aber ungehört blieben, habe ich es irgendwann aufgegeben und überließ ihn Paul für seine Streicheleinheiten. Mit der Zeit gefiel es mir ja dann auch. *Alle finden meinen Hintern geil,* dachte ich stolz, und lächelte. Als ich so im Gedanken war, bemerkte ich nicht, dass ich automatisch meine Beine etwas gespreizt und den Po gehoben hatte, während Eva mich streichelte. So konnte sie tiefer mit ihren Fingern durch meine Furche fahren. Das war so geil! Als sie dann, durch die gespreizten Beine, an den Sack kam und in kraulte, war alles zu spät. Ich bekam erneut eine Erektion, hatte aber keine Lust mich umzudrehen, denn dann würden ja die Liebkosungen da hinten aufhören. Das war aber so schön und ich wollte jetzt nicht darauf verzichten. Deshalb bog ich mein hartes Glied, zwischen die Beine, nach hinten. Sofort bezog Eva es in ihre Streicheleinheiten ein. Während sie mit ihren Fingern der einen Hand an meinem Glied immer weiter hoch und runter streichelte und mit der anderen jetzt am Hintern verweilte und mein Loch unentwegt kitzelte, stöhnte ich lauter. Ich war wie gelähmt und aufgewühlt zu gleich. Mein ganzer Körper zitterte vor Erregung.

„Oh, du machst mich verrückt damit. Weiter so. Das ist der Wahnsinn." Rief ich. Eva verlor ihre letzten Hemmungen und geriet dabei selbst außer Rand und Band. Sie nahm mein Glied fest in die Hand und fuhr damit heftig hoch und runter. Zusätzlich kitzelte sie mit dem Mittelfinger mein Loch und glitt dabei immer etwas hinein. Unwillkürlich hob ich meinen Po noch höher, und bewirkte damit, dass ihr Finger tiefer in mich rein glitt. Danach schob sie ihn immer ein Stück raus und wieder rein. Ich röchelte und stöhnte. Worte konnte ich nicht bilden, dazu war mein Verstand nicht mehr in der Lage.

Was tat sie jetzt! Sie nahm zusätzlich ihren Zeigefinger und steckte beide in mich rein und wackelte damit in mir. Ich schnappte heftig nach Luft. Mit meiner Hand glitt ich erregt zwischen ihre Beine. Durch den Schneidersitz waren ihre Schamlippen weit geöffnet. Ihr Höschen hatte sie noch nicht angezogen und ich begann sofort in ihrer Scheide den Kitzler zu suche, um dann wie wild an ihm zu reiben. Sie fing an zu stöhnen und ihr sitzender Körper schwankte. Jetzt wurde sie total verrückt. Heftig nahm sie mein Glied und noch schneller fuhr sie mit ihren beiden Fingern in mich rein und raus. Und ich unterstützte sie mit der Auf und Ab Bewegungen meines Hinterns dabei. Jetzt steckte ich meinen Finger tief in ihr Loch und wackelte ebenfalls darin, dann nahm ich den Zweiten. Eva stöhnte jetzt ununterbrochen, so wie ich. Da ich erst kurz vorher einen Orgasmus hatte, konnte ich dieses wahnsinnige geile Gefühl für lange Zeit erleben, ohne dass es mir gleich kam. Eva war im Schritt schon wieder nass. Sie hatte anscheinend ihren zweiten Orgasmus während dieser langen und wilden Aktion bekommen.

Aber ich war noch nicht so weit und sehr erregte. Deshalb hörte ich nicht auf, mit den Fingern immer wieder in ihr Loch zu fahren. Sie sagte nichts dazu, sondern stöhnte einfach weiter. Bald aber fühlte ich, wie jetzt auch in mir ein erneuter Höhepunkt aufstieg. Irgendwie musste ich diese ansteigende Erregung ertragen. Deshalb rotierten meine Finger in Eva immer schneller. Mein Hintern sprang wie ein Gummiball hoch und runter und Eva fuhr unerbittlich in mir rein und raus, während sie mein schon heftig zuckendes Glied fest mir der Hand umschloss und daran kräftig entlang fuhr. Dann kam es mir. Mit einem tiefen dumpfen Stöhnen entlud ich mich. Und das hörte so schnell nicht auf. Immer wieder fühlte ich Orgasmus artige Schübe, die durch meinen ganzen

Körper schossen und ihn erbeben ließen. Nach einiger Zeit fand ich dann meine Ruhe.

Eva stöhnte und wimmerte immer noch. Ich behielt die Finger in ihr und bewegte sie weiter darin. „Ja, das ist so schön!" Rief sie. Ohne aus ihr raus zu gehen, legte ich sie wieder auf den Rücken. „Heute sollst auch du diese herrliche Lust spüren, die man mit dem Mund herbeiführen kann." Erklärte ich ihr. Ich legte schnell mein Gesicht zwischen ihre Beine. Dann glitt ich mit meiner Zunge durch ihre Spalte. Als ich ihren Kitzler fühlte, massierte ich ihn kräftig damit, so schnell ich es vermochte. Eva drückte ihr Becken nach oben. Dabei öffnete sie sich weiter. Sie war außer sich und wimmerte. Mit der Zunge kam ich jetzt tief in sie hinein. Nach einer Weile wurde es wieder nass und sie erlebte ihren dritten Orgasmus an diesem Tag. Danach lagen wir total erschöpft nebeneinander. Wir sahen beide sehr glücklich aus und waren begeistert. Am Ende des Tages beschlossen wir, dass wir das in diesen Ferien so oft wie möglich wiederholen wollten.

Wir verabschiedeten uns für heute. Auf dem Nachhauseweg dachte ich immer noch daran, was wir da wunderbares erlebt hatten. Wenn ich Paul erzähle, was Eva mit meinen Hintern alles angestellt hat und wie wahnsinnig geil das war, wird er keine Ruhe mehr geben, bis ich es mit ihm ebenfalls tue. Obwohl wir im gleichen Alter sind und er größer als ich ist, hat er noch eine jungenhafte Figur, aber sein kleiner Po sieht geil aus und ist knackig. Deshalb nahm ich mir vor, ihn jetzt auch mit meiner Hand zu streicheln, so wie er es schon seit Jahren bei mir macht. Ich wollte ihn so auf den Geschmack bringen. Denn ich hatte da so meine Vorstellungen. Vielleicht gibt es da mehr Möglichkeiten unter Jungs, als nur mit den Finger rein zu gehen. Na ja, solange wir keine vernünftigen

Mädchen im Dorf haben, könnten wir uns wenigstens so miteinander Vergnügen, wenn Eva wieder fort ist, dachte ich. Lächelnd und mit wilden Fantasien im Kopf lief ich nachhause. Dabei bemerkte ich, dass es schon wieder in meinem Schritt zuckte. Na das kann ja was werden, dachte ich lächelnd. Und das wurde es auch. Ich erlebte mit Eva die aufregendsten Ferien, die wir je zusammen verbracht hatten.

Paul habe ich, nachdem Eva wieder fort war, auch auf den Geschmack gebracht. Bei jeder Gelegenheit legte ich nun meine Hand an seinem Hintern und tätschelte ihn. Da es ihn sehr erregte und sein Glied dabei immer steif wurde, erzählte ich ihm dann bald von meinen Fantasien: „Was hältst du davon, wenn wir mal unsere Glieder bei dem anderen hinten rein drücken. Ich glaube, das wäre geil." „Ich habe auch schon an sowas gedacht. Wir sollten es mal versuchen." Antwortete Paul. Ich hatte gerade meine Hand auf seinen kleinen knackigen Po gelegt und glitt damit immer in der mitten an seiner Furche entlang. Jetzt griff Paul mit der linken Hand nach hinten zwischen meine Beine. Heftig drückte er an meine Beule. Ich stöhnte laut auf. „Komm zieh deine Hose runter und bücke dich. Wir tun es jetzt." Sagte ich schon ganz aufgeregt. Schnell hatte er seine Hose runter gezogen und bückte sich. Dabei hielt er sich an einem Balken fest. Als ich seinen blanken Hintern mit geöffneter Furche vor mir sah, zog auch ich meine Hose schnell runter. Dabei sprang ein harter Knüppel hervor. Schnell suchte ich sein Loch und drückte meine Eichel darauf. Als ich fester aufdrückte um hinein zukommen, rief Paul: „Halt warte. Das tut weh. Du musst erst deine Eichel anfeuchten und mein Loch vorher ein bisschen massieren, damit es weich wird" Ich nahm etwas Spucke auf den Zeige- und Mittelfinger und rieb damit seine Öffnung ein. „Ja das fühlt sich gut an. Mache weiter." Flüsterte Paul erregt. Ich fühlte, dass seine Rosette weicher wurde. „Soll ich es noch einmal versuchen?" Fragte ich ihn. „Ja aber vorsichtig." Antwortete er. Jetzt spuckte ich in die Hand und rieb meine Eichel ordentlich ein. Dann setze ich zum zweiten Mal an. Ich legte mein hartes Glied auf sein weiches Loch. „Drück du ihn rein, damit ich dir nicht wehtue." Sagte ich. Das tat er jetzt und drückte dabei seinen Po nach vor. Ich sah zu, wie meine Lustspritze langsam in ihm verschwand. Das war so geil. Als ich ganz in ihm war, fragte ich ihn: „Wie fühlst du dich?" „Ich weiß nicht. Ein bisschen komisch ist das schon." Antwortete er. „Soll ich mich mal bewegen?" Fragte ich ihn. „Ja mache mal. Langsam vor und zurück." Sagte er. Jetzt schob ich mein Glied in ihn immer ein Stück rein und raus. Sein Loch war eng und die Reibung darin erregt mich sehr. Nun fing auch Paul an zu stöhnen. „Oh das wird immer schöner. Ja mache weiter, so wie es dir gefällt." Rief er aufgeregt. Mit weitermachen war da nicht mehr viel los bei mir. Ich war bald soweit und mir kam es. Ich spritzte zum ersten Mal meinen Samen hinein. Dabei stöhnte ich laut. Paul bemerkte es und auch er stöhnte erregt. Dann wurde meine Lustspritze wieder weich und rutschte aus seien Loch. „Schade, gerade wo es richtig geil geworden war, hört es wieder auf." Sagte er etwas enttäuscht. „Du musst nicht traurig sein. Das werden wir ab jetzt oft tun." Antwortete ich. „Ja aber heute zeige ich dir erst noch, wie schön das ist, wenn auch ich in dir bin" sagte er. „Auf jeden Fall. Von mir aus sofort, wenn du kannst." „Und ob ich kann. Bücke dich nur, gleich sollst du mich in dich spüren. Ja, herrlich. Warte, ich ziehe meine Hose ganz aus, da kann ich die Beine breiter machen und mich mehr öffnen für dich. „Hör auf, so zu reden, sonst kommt es mir gleich, bevor ich in dir bin." Rief Paul. Nach dem ich meine Hose ausgezogen hatte, bückte ich mich tief und hielt mich ebenfalls am Balken fest. Paul streichelt zärtlich meinen Hintern und sagte schwärmerisch: „Oh du hast so einen geilen Po, mein Herz zerspringt vor Glück, wenn ich ihn so nackt streicheln darf. Komm, ich küsse ihn. Davon habe ich schon lange geträumt." Sagte er. Und schon bückte er sich und küsste mein Hinterteil. Dabei grunzte er wonnevoll. Aber mein Gott, was tat er dann. Er leckte mit seiner Zunge an meiner Rosette. Ich stöhnte laut. Das brachte ihn dazu es immer heftiger zu tun. Ich drückte meinen

Hintern, so fest es ging in sein Gesicht und war total außer mir vor Erregung. „Komm geh jetzt rein." Flehte ich ihn an. „Ich halte es nicht mehr aus." Nun stand er auf und drückte sein Zauberstab in mich hinein. Ich spürte, wie er sein Glied immer tiefer in mich hineinbohrte. Mein ganzer Körper zittert vor Wonne. Aber auch Paul hielt es bei ersten Mal nicht lange aus und ich merkte, wie sein warmer Liebessaft meinen Körper füllte. Aus unserem tiefsten Inneren kam ein langes, lautes Stöhnen hervor. Nachdem das Glied von Paul mich ebenfalls verlassen hatte, drehte ich mich um. Wir sahen uns an und waren beide sprachlos vor Glück. Da half nur noch eins. Wir umarmten und küssten uns. Danach begann eine aufregende Zeit für uns. Wir erlebten für uns bis dahin nicht vorstellbare Glücksgefühle. Und nutzten bald jede Gelegenheit, an jedem Ort, der sich anbot, um diese neuen aufregenden Erfahrung auszuleben. Wenn wir Freizeit hatten, treiben wir es in meinem Zimmer. War jemand im Haus, der uns hätte hören können, liefen wir in den angrenzenden Wald. Dort hatten wir uns in einem Versteck eine kleine Laubhütte gebaut, wo wir uns nach Herzenslust ungestört austoben konnten. Wenn ich auf dem Hof arbeitete, half mit Paul oft und wir beschäftigten uns möglichst in der Scheune. Dort waren wir ungestört. Dann griffen wir uns ständig in den Schritt und kneteten an unseren Beulen, bis unsere Prügel wieder hart wurden. Danach besprangen wir uns immer voller Begeisterung. Aber nur wenn meine Eltern auf dem Feld waren und uns nicht dabei entdecken konnten. Waren sie auf dem Hof, suchten wir uns einen Platz in der Scheune, wo der Eingang nicht gleich einzusehen war. Dann zogen wir den anderen die Hose runter, während er sich auf einen Strohballen lehnte und den Eingang im Auge behielt. Dabei griff der Andere von hinten zwischen seine Beine und melkte ihn. Gleichzeitig konnten wir dabei unsere Hintern streicheln und küssen. Manchmal fuhren wir dann auch mit den

Fingern hinein, während wir den harten zuckenden Knüppel des anderen weiter kräftig melkten. Das geschah häufig nicht nur einmal am Tag.

Im Winter übernahmen wir die Verantwortung für zwei Futterkrippen in der Nähe unseres Hauses. Dazu mussten wir jeden Tag dort sein, um frisches Heu aus den danebenstehenden Schuppen zu holen. Dort waren wir ungestört. Nachdem wir sie Grippen mit frischem Futter gefüllt hatten, liefen wir schon voller Ungeduld in den Heuschuppen und hielten uns dann oft sehr lange dort auf. Da drin war es selbst im Winter warm und kuschlig. Außerdem fanden wir beide den Geruch von Heu angenehm, was uns zusätzlich anstachelte, unserer Lust freien Lauf zu lassen. Wenn wir es wieder einmal sehr wild getrieben hatten und erst am Abend nachhause kamen, sah mich meine Mutter beim Abendessen etwas besorgt an und sagten: „Du siehst so blas und müde aus. Vielleicht solltest du nicht so viel arbeiten." „Das ist schon in Ordnung. Es macht mir riesigen Spaß. Lasst mich nur machen." Antwortete ich dann.

Paul verliebte sich in mich und ich liebte ihn auch. Trotz meiner anfänglichen Fantasien konnte ich mir nicht vorstellen, wie stark sich die Gefühle für ihn entwickeln würden. Jetzt waren wir beide total verrückt nacheinander und aus unserer Freundschaft wurde eine leidenschaftliche Liebesbeziehung. Aber ich liebt auch Eva. Nach diesem heißen Sommer mit ihr, fuhr ich dann doch ab und zu mal nach München, denn 11 Monate wollte ich jetzt nicht mehr auf sie warten. Als ich wieder einmal bei ihr war, fragte ich sie: „Hast du noch andere Jungs außer mir?" „Du meinst Sex?" Fragte sie. „Ja." Antwortete ich. „Du bist mein bester Freund aber Sex habe ich auch mit anderen Jungs, denn du bist ja so selten bei mir." Antwortete sie ehrlich auf meine Frage. „Das ist in Ordnung, so lange ich die Nummer Eins für dich bin." Gab ich zurück. „Ich habe mich auch schon mal mit einem Mädchen vergnügt." Gestand sie mir. „Und, hat es dir gefallen?" Fragte ich. „Ja. Ich glaube, das werde ich öfter tun." „Oh, da wäre ich gern mal mit dabei!" Rief ich scherzhaft. „Ich frage sie." Gab sie zur Antwort. Ich war überrascht und freute mich darüber. „Hast du denn noch eine andere außer mir?" Wollte sie jetzt von mir wissen. „Nein, du kennst ja die Mädchen aus unserem Dorf. Da ist nichts Gescheites dabei. Aber ich habe manchmal Spaß mit meinem Freund Paul." Antwortete ich. „Oh das ist gut. Ihr seid die besten Freunde und habt bestimmt viel Spaß miteinander" Sie wusste ja, wie sehr ich es mochte, wenn sie meinen Hintern verwöhnte. Eigentlich hat sie mich erst auf den Geschmack gebracht. Oder war es doch Paul? „Da wäre ich auch gern mal mit dabei, um zuschauen wie ihr es macht." Sagte sie dann. „Mal sehen." Antwortete ich. Jetzt wollte sie alles wissen, was wir so miteinander treiben. Ich erzählte es ihr und fragte sie danach über ihre Erlebnisse mit ihrer Freundin aus. Auch sie schilderte ausführlich, was sie alles mit ihr erlebt hat. Das war interessant und erregend für mich. Als Eva das merkte, unterbrachen wir unser Gespräch und liebten uns erst einmal.

Nachdem wir zufrieden und erschöpft beieinanderlagen, sprach ich zu ihr: „ Ich mache mir ein bisschen Sorgen um Paul." „Wieso ist er krank?" Fragte sie etwas besorgt. „Nein, aber er hatte noch nie Sex mit einem Mädchen. Nur immer mit mir. Er sollte auch mal Erfahrungen mit einem Mädchen sammeln." „Und wenn er das gar nicht will, weil er nur auf Jungs steht?" Entgegnete sie mir. „Na dann wäre das auch okay. Aber er sollte es erst einmal testen. Ich stehe auf

Mädchen und ich würde mich freuen, wenn wir diese Lust miteinander teilen könnten." Danach war sie einige Minuten ruhig. Was bei Eva ungewöhnlich war. Aber dann fragte sie „Und warum hast du mir das erzählt?" Ich musste lächeln. Sie kannte mich bestens und wusste schon warum. „Na ja, du hast ja gesagt, du würdest gern mal zusehen, wie wir es miteinander treiben. Wie wäre es denn, wenn du dabei mitmachst. Dann kann Paul die ersten Erfahrungen sammeln und vielleicht auf den Geschmack kommen." Dabei schaute ich sie mit treuherzigen Augen an. „Ich habe mir auch schon vorgestellt, wie es zu dritt wäre. Neugierig bin ich ja." Antwortete sie. „Gut dann machen wir es im Sommer, wenn du da bist. Ich werde das nur noch mit Paul besprechen. Ich denke, er wird begeistert sein." Am darauffolgenden Tag fuhr ich wieder nachhause. Dieses Mal dauerte es ja nicht lange, bis ich Eva wieder sehen konnte. In knapp vier Wochen begannen die Sommerferien. Dann würden wir uns wieder jeden Tag auf dem Hügel treffen.

Als ich zuhause ankam, holte mich Paul vom Bahnhof ab. Der war 1,5 km von unseren Hof entfernt, wenn wir die Abkürzung durch den Wald nahmen. Paul lief vor mir einen schmalen Pfad entlang und ich schaute dabei die ganze Zeit auf seinen geilen kleinen Po. Das erregte mich, bis ich es nicht mehr länger aushielt. Als der Weg wieder breiter wurde, lief ich mit einem Hammer in der Hose, zu ihm und griff mit der Hand an seinen Hintern. „Ich bin so geil auf dich. Komm, wir verdrücken uns schnell ins Gebüsch." Dabei streichelte ich jetzt noch leidenschaftlicher sein Hinterteil. Paul strahlte mich an und fragte: „Warum stehen wir denn hier immer noch auf dem Weg?" Wir rannten ins Dickicht und zogen uns schnell die Kleider aus. Ich drehte Paul um, der sofort auf die Knie fiel und mir seinen kleinen Hintern willig anbot. Was war das wieder für ein herrlicher Anblick. Sogleich kniete ich mich hinter ihn und drang in ihn ein. Paul bewegte seinen Po vor und zurück, drehte ihn etwas im Kreis und frohlockte vor Glück. So zeigte er mir, wie er mich vermisst hatte und ich war glücklich darüber. Immerfort betonte er dabei, wie sehr er mich liebt. Nachdem ich die letzten Tage mit Eva verbracht hatte, war der Hintern von Paul für mich eine Offenbarung. Es dauerte deshalb nicht lange und ich ergoss mich mit lautem Stöhnen in ihm. Nachdem ich Paul in seiner ekstatischen Glückseligkeit erlebt hatte, war ich ebenfalls heiß darauf, endlich wieder von ihm geritten zu werden. Eva hatte zwar in München einen Analdildo gekauft, um mir damit die größte Freude bereiten zu können. Das war zwar auch geil aber das Glied von Paul, an dem nun mal der ganze Kerl hing und der dabei zitterte, wimmerte und stöhnte, war konkurrenzlos für mich. Jetzt hockte ich mich hin und hob meinen Hintern weit nach oben. „Du bist dran" rief ich. „Oh bist du schön." Rief Paul voller Begeisterung, als er mich in dieser Stellung sah. Sofort begann er damit, leidenschaftlich mein Loch mit seiner Zunge anfeuchtete. Das katapultierte mich augenblicklich in höchste Erregung. Dann drückte er sein Glied langsam in mich rein. Auch ich fing an, mich zu bewegen, und wurde immer schneller. Er rief: „Nicht so schnell, ich komme sonst gleich." Aber es war zu spät, ich war schon so in Raserei geraten, dass ich es nicht mehr in der Lage war, es zu drosseln. „Komm, ich will es in mir spüren." Reif ich. Kurze Zeit später fühlte ich, wie sein Glied unaufhörlich in mir hin und her sprang, während es den angestauten Liebessaft in mich rein spritzte. Und das hörte so schnell nicht auf. Dabei er wimmerte und stöhnte er ununterbrochen. Dann sagte er etwas schuldbewusst: „Ich habe so lange auf dich gewartet und war voll mit meinem Samen. Der wollte raus. Das ließ sich nicht aufhalten." „Du musst dich nicht entschuldigen. Es war fantastisch, wie du endlos in mich rein gespritzt hast. Außerdem, wie ich uns kenne, wird es für heute nicht das letzte Mal gewesen sein" Und beide grienten wir uns dabei an.

Als wir bei mir zuhause angekommen waren, eröffnete ich ihm, dass ich mit Eva ausgemacht hatte, ihn in die Sexspiele mit einem Mädchen einzuführen. „Eva stellt sich dafür zur Verfügung." Verkündigte ich stolz. „Aber ihr könnt doch nichts ausmachen, ohne mich zu fragen." Sagte er leicht mürrisch. Ich hatte nicht erwartet, dass er so reagiert und mich deshalb sicherlich etwas ungeschickt ausgedrückt. „Nein, wir haben das ja nicht beschlossen, sondern nur besprochen, dass es schön für uns wäre, wenn du mal mitmachst.
Besonders mir würde es gefallen, mit dir gemeinsam bei einer Frau zu liegen. Wir sollten es ausprobieren. Du hast es ja noch nie getan. Vielleicht gefällt es dir ja auch. Wenn nicht, ist das nicht schlimm. Wir haben uns sowieso und daran wird sich nichts ändern." Erklärte ich jetzt diplomatischer. Besonders nach dem letzten Satz hellte sich Pauls Gesicht wieder auf. „Na gut, dann versuchen wir es, aber du musst mir vorher alles erklären, damit ich mich nicht blamiere." „Das wirst du nicht. Ich bin ja dabei und helfe dir." „Okay." Bestätigte er zum Abschluss mit sicherer Stimme unser Vorhaben. Und weil er sich dabei auf den Bauch gelegt hatte und sein entzückender Po mir ins Auge sprang, legte ich mich schnell auf ihn. „Ja, dann lass uns diesen Pakt jetzt gleich besiegeln." Sagte ich und rieb mich dabei schon heftig an ihn, während er sein Hinterteil nach ober drückte.

Einen Monat später begannen die Sommerferien und Eva kam wieder ins Dorf. Da sie dieses Mal nicht wusste, wann sie ankam, verabredeten wir, dass sie mich gleich nach ihrer Ankunft aufsuchen würde. Ich saß mit Paul auf der Bank vor dem Haus. Wir waren schon eine Weile dort. Die Sonne schien und sie lud mit ihren warmen Strahlen unsere Akkus auf. Ich bemerkte, dass die Beule in seiner Hose wieder größer wurde. Aha, der Akku ist gleich voll, dachte ich. Ich freute mich schon und wollte gerade vorschlagen, mit ihm wieder in die Scheune zu verschwinden, da sah ich Eva von weitem die Straße entlang kommen. Sofort änderte sich mein Plan. Ich lief ihr entgegen und wir küssten uns leidenschaftlich bei der Begrüßung. Danach begaben wir uns zu Paul, der noch auf der Bank saß. Er stand auf und begrüßte Eva. Die sagte: „Oh, du siehst gut aus. Du bist ja jetzt auch ein richtiger Mann geworden." Und schaute dabei nach unten auf seine Beule. „Ja, das macht das Training mit Max." Antwortete er und griente frech. „Das kann ich bestens nachvollziehen. Max ist ein guter Trainer" antwortete sie und griente ebenfalls. Ich dachte, das fängt ja gut an. Jetzt fehlt nur noch, dass sie gemeinsam von meinem geilen Hintern schwärmen, und lächelte dabei. „Ich hoffe dich bald wieder zusehen" sagte Eva zu Max. „Ja gern, bis bald." Eva drehte sich zu mir und erklärte, dass sie jetzt erst einmal zu ihren Großeltern musste. Wir wollten uns danach in zwei Stunden auf dem Hügel treffen.

Als sie fort war, sagte Paul: „Die ist ja richtig cool" und seine Augen strahlten mich an. „Habe ich doch immer schon gesagt." Antwortete ich trocken. „Aber was war das vorhin in deiner Hose. Bevor Eva kam, war da eine heftige Beule und jetzt ist nichts mehr zu sehen." Sagte ich gespielt

enttäuscht. „Oh, da brauchst du dir keine Sorgen machen."
Antwortete Paul lachend. „Die steigt schon wieder, bis wir in
der Scheune sind." Das war ein bisschen übertrieben, aber als
wir dort angelangt waren, dauerte es wirklich nicht lange und
ich spürte ihn in mir. So ein zierlicher Junge und ist ständig
bereit. Wo nimmt der nur die ganze Kraft her, dachte ich und
war glücklich. Als er seinen geilen Ritt in mir beendet hatte,
ließ er mich in Ruhe, was ungewöhnlich für ihn war. „Du
brauchst die Kraft noch für Eva." Erklärte er mir. „Darüber
musst du dir deinen Kopf nicht zerbrechen. Eva kommt
nicht zu kurz und du auch nicht." Sagte ich mit sicherer
Stimme. Er griente mich an: „Na dafür werde ich schon
sorgen, dass ich nicht zu kurz komme." Und wir lachten
beide. Aber trotzdem passierte an diesem Nachmittag nichts
mehr zwischen uns. Als ich zum Hügel lief, war ich dann
doch froh darüber, denn ich freute mich auf Eva und da wir
uns einen Monat nicht gesehen hatten, würde es mit
Sicherheit ein heißes, langes Date mit ihr werden. Und so
kam es dann auch.

Nachdem wir unserer Lust endlich wieder einmal
hemmungslos ausgelebt hatten, lagen wir erschöpft und
zufrieden im Gras. „Wenn du glaubst, dass es die richtige Zeit
dafür ist, dann bringe Paul mit. Ich bin schon gespannt
darauf." Sagte Eva. „Gut, dann kommt er morgen mit." Wir
verabschiedeten uns. „Ich liebe dich Max." „Ich dich auch
Eva." Wir küssten uns zum Abschied und liefen nachhause.
Auf dem Weg dorthin, suchte ich Paul zuhause auf und fragte
ihn, ob er am nächsten Tag mitkommen will. „Ja gern, ich
freue mich schon darauf." Antwortete er. Ich war zwar froh
darüber aber er schaute trotzdem komisch. Deshalb
antwortete ich: „Paul, warum sagt du das. Ich sehe doch, dass

etwas mit dir nicht stimmt." „Ja du hast Recht. Mir ist schon ziemlich mulmig zu Mute. Das ist eben das erste Mal und nun gleich auf Befehl. Aber ich werde nicht kneifen und komme morgen mit." Sagte er. Ich dachte, es wird schon alles gut werden und freute mich ebenfalls auf den kommenden Tag.

Der nächste Tag war Sonntag. Obwohl auch da das Vieh auf dem Hof versorgt werden musste, wurde ich an diesem Tag meistens von der Arbeit freigestellt. Das heißt, wir hatten den Sonntag ganz für uns. Mit Eva waren wir schon gleich nach dem Mittag verabredet. Ich holte Paul von zuhause ab und wir liefen zum ersten Mal gemeinsam auf den Hügel. Eva war noch nicht angekommen. Deshalb setzen wir uns ins Gras und schauten auf die Berge und genossen eine Weile diesen herrlichen Anblick, den Paul ja noch nicht kannte. Jeder Winkel des kleinen Ortes war uns vertraut. Wie waren hier aufgewachsen und kannten auch die angrenzenden Wälder. Wir fühlten uns verbunden und geborgen in diesem Stück Heimat. Mich durchzog ein Gefühl der Freude und der Dankbarkeit, hier mit meinem Freund leben zu dürfen. Aber irgendwann wurde es uns dann doch langweilig. Wir warteten bereits eine halbe Stunde auf Eva. „Wenn sie noch nicht kommt, könnten wir uns ja schon ein bisschen warm machen." Sagte ich. Paul sah mich lächelnd an und wir küssten uns. Nicht lange, dann lagen wir im Gras. Plötzlich hörte ich Eva von hinten belustigend sagen: „Wie ich sehe, habt ihr schon ohne mich angefangen." „Wenn du solange auf dich warten lässt. Außerdem haben wir noch nicht angefangen. Das sieht anders aus." Gab ich ebenfalls lächelnd zurück.
Wir setzten uns wieder und Paul rückte etwas von mir ab und zeigte Eva mit einer einladenden Bewegung an, dass sie sich

ebenfalls zu uns setzen sollte. „Oh, danke. Es ist mir eine Ehre zwischen zwei so attraktiven Jungen zu sitzen" sagte sie kokett. Sie nahm ihren angebotenen Platz ein, sah zu Paul und fragte: „Hast du wirklich überhaupt noch keine Erfahrungen mit Mädchen?" Er antwortete: „Eigentlich nicht." „Hast du schon mal eine geküsst?" „Nein nur Max." „Ja, Max kann gut küssen. Aber lass es uns mal mit einander probieren." Dann küsste sie ihn. Paul zeigte gleich vollen Einsatz und wurde sofort sehr leidenschaftlich dabei. „Halt nicht so wild. Wir Frauen möchten es etwas langsamer angehen. Küsse mich mal zärtlicher." Und er tat es, während ich ihnen zusah. Nach einer Weile drehte Eva ihren Kopf zu mir und küsste mich ebenfalls. Ich legte sie beim Küssen ins Gras und ließ meine Hand langsam an ihren Schritt empor gleiten. Als ich oben angelangt war und ich zärtlich ihre Schamlippen streichelte, stöhnte sie leise. Ich zog ihr Höschen aus und glitt mit den Fingern durch ihre Spalte, bis ihr Kitzler hervorkam. Dann spielte ich daran und sie legte ihren Kopf stöhnend nach hinten.

Jetzt drehte ich mich zu Paul, der voller Interesse zusah. Ich küsste ihn, während ich an den Kitzler von Eva weiter rieb. „Komm, versuche es einmal." Flüsterte ich ihm zu. Paul führte seine Hand in ihr Schritt. „Siehst du den Kitzler dort" Er nickte. „Geh mit dem Finger durch ihre Spalte und rubbele dann an ihm." Als er damit begonnen hatte, erregte es Eva wieder. „Jetzt schneller." Er gehorchte und Eva stöhnte lauter. „Noch schneller, so schnell du kannst." Sagte ich ihm. Eva schmiss jetzt ihren ganzen Oberkörper vor Erregung hin und her. Als Paul das sah, erregte es ihn ebenfalls, und er war bemüht alles richtig zu machen. Ich beobachtet wie sich sein Glied langsam aufrichtete, bis er seine volle Größe erreicht hatte und freute mich sehr darüber. „Weiter so, ich ziehe dir und mir die Hosen aus, während du Eva weiter in Ekstase bringst." Flüsterte ich ihm zu. Als ich sie ausgezogen hatte, sagte ich ihm: „Jetzt Knie dich zwischen ihr Beine und gehe mit deiner Zunge durch ihre Spalte." Als er merkte, wie wild Eva dabei wurde, ließ er davon nicht mehr ab. Er hockte auf den Knien und hatte den Kopf nach unten gebeugt.

Ich sah, den entzückenden kleinen Hintern der dabei hoch in der Luft stand. Jetzt sollst du das gleiche Glück spüren wie Eva, dachte ich und küsste seinen geilen Po, der sich in dieser Stellung schon weit geöffnet hatte. Fuhr mit meiner Zunge durch seine Furche und massierte dann sein Loch damit. Er stöhnte heftig, strecke sein Hintern noch höher und versenkte den Kopf noch tiefer in Evas Schoß. Die rief: „Oh ja Paul, das ist geil. Weiter so." Was ihn weiter ermutigte. Und ich tat das Gleiche bei ihm. Paul und Eva waren jetzt völlig weggedreht. Nach einer Weile legte ich mich auf den Rücken, schob meinem Kopf unter seinen Bauch und nahm sein hartes Glied in den Mund, während ich mit zwei Fingern von hinten in ihn rein fuhr und seine Prostata unentwegt massierte. Mit meiner Zunge leckte ich kraftvoll an der Eichel, die vor Aufregung hin und her sprang, während sein hartes Glied kräftig pumpte. Das hielt er nicht lange aus und es kam ihn mit lautem Gebrüll. Eva war inzwischen ruhiger geworden, was mir verriet, dass sie ebenfalls einen Orgasmus bekommen hatte. Aber wie ich sie kannte, war sie bald wieder bereit für ein neues Spiel. Paul drehte sich zur Seite und lag im Gras, während ich mich weiter mit Eva beschäftigte.

„Komm hock dich auf allen vieren vor mir." Sagte ich zu ihr. „Ich nehme dich von hinten." Schnell nahm sie diese Stellung ein und ich drückte langsam mein Glied in sie rein. Immer rein und raus. Sie stöhnte laut und rief: „Ja, das ist der

Wahnsinn. Hör nicht so schnell auf damit. Ich bin so heiß."
Paul sah mit großen Augen zu. Nach einer Weile bat ich ihn:
„Komm, stell dich vor mich." Er stellte sich breitbeinig über
Eva, zu mir gewandt und ich fing an seinem schlaffen Penis
zu lutschen. Während Eva ihren Körper vor und
zurückbewegte und so auf meinem Glied ritt, hatte ich den
Penis von Paul im Mund und leckte daran wie wild mit der
Zunge. Nicht lange und ich spürte, wie es erneut immer
größer wurde. Das war ein aufregendes und lustvolles
Erlebnis für mich. Als es so weit war und sein Glied wieder
in seiner ganzen Pracht vor meinem Gesicht stand, sagte ich
zu ihm: „Jetzt geh nach hinten und in mir rein." Er sah mich
begeistert an: „Wirklich?" Fragte er. „Ja, aber beeile dich, Eva
reiten auf meinem Glied wie verrückt. Ich halte es nicht mehr
lange aus, bevor es mir kommt." Schnell kniete er hinter mir
und bald spürte ich ihn in mir. Gleichzeitig ritt Eva auf
meinem Glied und ich verlor endgültig die Kontrolle. „Ja, ja,
schneller, schneller." Reif ich und beide wurden in und an
mir noch wilder. Ich war zwischen ihnen und bewegte mich
nicht. Ich ließ diesen einmaligen geilen Ritt über mich
ergehen, röchelte dabei und drehte meinen Oberkörper vor
erregter Spannung. Dann kam es mir mit aller Gewalt. Da
beide wie Bessern weiter machten, konnte ich mich nicht so
schnell von ihnen lösen. Schließlich sagte ich zu Paul: „Hol
ihn aus mir raus und stecke ihn bei Eva rein." Ich verließ Eva
und er glitt erregt in sie rein. „Oh, ihr seid fantastisch." Rief
sie. Und bewegte sich weiter. Jetzt auf Paul seinem Glied.

Nachdem ich mich ein paar Minuten erholt hatte, schaute ich
den beiden zu. Für Paul war es innerhalb kurzer Zeit das
zweite Mal. Es sah super geil aus, zu sehen wie sich Eva
ekstatisch bewegte und stöhnte, während Paul in ihr war. Er

hatte den Mund leicht offen und die Augen geschlossen. Dabei atmete er schwer. Er ließ Eva nicht lange allein mit ihren Bewegungen, sondern fand den richtigen Rhythmus mit ihr und bewegte sein Becken hin und her. Beide hatten jetzt ihren Mund weit geöffnet und stöhnten gemeinsam wollüstig. Ich sah wieder den Hintern von Paul, wie er vor und zurückfuhr und bereute, dass ich keine Erektion hatte. Nur zu gern wäre ich jetzt auch in ihn reingefahren, während er in Eva war. Paul sah kurz zu mir und als ob er meine Gedanken lesen konnte, sagte er: „Komm du jetzt und stell dich vor mich." Ich stellte mich breitbeinig vor ihn. Er nahm mein schlaffes Glied vollständig in den Mund. Kräftig bearbeitete er es mit seiner Zunge. Darin hatte er Übung und konnte das verdammt gut. Es war nicht das erste Mal, dass er mich damit wieder auf Touren brachte. Diesmal wurde er dabei besonders leidenschaftlich. Er wollte wohl zu gern, dass auch ich in ihn eindrang, während er in Eva steckte. Ich schloss meine Augen und stellte es mir vor. Ich kannte ihn ja. Sicherlich würde er dann total ausrasten. Durch seine unermüdliche Stimulierung an meinem Glied und meiner Fantasie gelang es dann. Es wurde wieder steif. Ich wollte keine Sekunde verschwenden und kniete mich sofort hinter ihn. Er bemühte in dieser Stellung, soweit er es vermochte, seine Furche für mich zu öffnen. Als ich langsam in ihn eindrang, rief er laut: „Oh ja." Jetzt dreht er völlig ab. Wie ein Irrer bewegte er seine Körper grunzend und wimmernd dabei. Selbst in meiner Fantasie konnte ich mir das so nicht vorgestellt. Es war überwältigend wie er zitternd und röchelnd vor Ekstase zwischen mir und Eva steckte. Dann kam es ihn bald. Er zitterte am ganzen Leib und das hörte so schnell nicht auf. Dann rief Eva: „Ich kann nicht mehr. Ich bin total erledigt." Paul holte sein Glied aus ihr raus und sie legt sich völlig geschafft ins Gras. Dann weinte sie. Wir beugten uns, selbst noch ganz erschöpft, über sie und streichelten sie. „Was ist denn Liebste." Fragte ich. „Das sind nur die Nerven. Es war so überwältigend." „Du warst wunderbar Eva" sagte Paul und ich bestätigte es ihr ebenfalls. An diesem Tag waren wir alle drei glücklich und zufrieden. Danach trafen wir uns immer zu dritt auf dem Hügel. Und als wir dann auch Eva manchmal in die Mitte nahmen und gleichzeitig von vorn und von hinten in ihr eindrangen, war sie endgültig überwältigt von uns beiden.

Zwei Woche später fragte mich Paul: „Ich bin jetzt immer dabei. Willst du nicht wieder mal mit Eva alleine sein?" Die Frage überraschte mich. „Warum, gefällt es dir nicht mehr?" Fragte ich. „Doch sehr. Aber zwischendurch vergnügen wir uns beide ja auch mal zusammen, ohne Eva." Gab er als Begründung seiner Frage an. „Ich war ja schon die ganze Zeit mit Eva alleine und werde das wieder sein, wenn ich nach München zu ihr fahre. Aber du warst noch nie mit einem Mädchen zusammen ohne mich. Willst du denn mit ihr mal alleine sein?" Bot ich ihn an. „Nein, sie ist deine Freundin. Das will ich nicht. Dafür suche ich mir lieber ein anderes Mädchen." „Hier in unserem Dorf?" Fragte ich spöttisch. „Ja warum denn nicht. Die Mädels haben hier auch Bedürfnisse und Gefühle, da ist sicherlich eine dabei, die da gerne mal mitmacht." Sagte er etwas trotzig. „Du hast ja Recht." Antwortete ich schuldbewusst, dann so wie ich es gesagt hatte, war das arrogant gewesen und ziemlich daneben. Vielleicht war ich ja auch ein bisschen eifersüchtig, weil er mit einem anderen Mädchen zusammen sein wollte. Deshalb sagte ich ihm: „Wenn du eine gefunden hast, dann gehen wir zu viert auf den Hügel. Du kannst dich später mit ihr verkrümeln, wenn du mit ihr allein sein willst. Der Platz ist groß genug. Kommst du aber bis dahin mit mir zu Eva?" Fragte ich ihn etwas verunsichert. „Ja natürlich, wenn du und Eva es wollen." Ich sah ihn in die Augen und sagte: „Klar wollen wir das. Ich liebe dich Paul." Paul strahlte mich an, küsste mich und ließ mich dann so schnell nicht mehr los. „Das ist das erste Mal, dass du mir das gesagt hast. Auch ich liebe dich Max, von ganzem Herzen."

Nach vier Tagen hatte Paul ein Mädchen bzw. eine Frau gefunden, die mit ihm auf den Hügel kam. Sie hieß Maria und war zwölf Jahre älter als wir. Für ihr Alter sah sie hübsch aus. Maria hatte schon viele Erfahrungen und war im Dorf bekannt dafür. *Für Paul eine gute Wahl*, dachte ich. Wir saßen eine Weile zu viert auf dem Hügel und unterhielten uns. Maria lebte allein und hatte eine kleine Schneiderei im Ort. Da aber bei den wenigen Kunden ihr Einkommen nicht ausreichte, nähte sie außerdem für eine größere Firma in Heimarbeit. Dazu hatte sie noch eine kleine Landwirtschaft, die ihr hautsächlich zur Eigenversorgung diente. Sie war sehr fleißig und wir bewunderten sie dafür. Im Ort war sie aber für ihre Männerbekanntschaften etwas verrufen. Oft bekam sie Besuch von ihnen. Die Männer waren meist von außerhalb, was in so einem Dorf schon Misstrauen hervorrief. Einige behaupteten deshalb sie arbeitet nebenbei als Prostituierte. Desto länger ich Maria betrachtete, umso hübscher fand ich sie. Sie hatte eine schlanke Figur, schwarze lange Haare und eine große Brust, die ich dauernd anstarren musste. Schließlich aber wollte Eva jetzt mit mir schmusen und küsste mich. Paul drehte sich zu Maria und küsste sie ebenfalls. Ich legte Eva ins Gras und wir umarmten uns eng umschlungen. Paul sagte zu seiner neuen Begleiterin:

„Komm lass uns ein Stück gehen." „Aber wir können auch hierbleiben." Antwortete sie. „Nein, ich möchte mit dir allein sein." Nahm ihre Hand und stand mit ihr auf.

Ein paar Meter weiter fanden sie dann einen Platz, auf den sie sich niederließen. Zu sehen waren sie nicht und Eva nahm dann auch meine ganze Aufmerksamkeit in Beschlag. Nach einiger Zeit lagen wir erschöpft nebeneinander. Jetzt hörten wir das Stöhnen der anderen beiden. Ich lächelte und sagte: „Das scheint ja zu klappen." Und dann kam ein tiefer Brüller. Das war mir schon sehr vertraut. „Jetzt hat er abgespritzt." Sagte ich leise lachend zu Eva. „Das weiß ich auch." Antwortete sie, denn sie hatte es ja auch oft genug gehört. Wir warteten darauf, dass sie aus ihrem Liebesnest bei uns auftauchen. Aber die beiden kamen nicht. Nach einer kurzen Weile hörten wir Maria wieder. Sie fing an, erneut zu stöhnen, und wurde dabei immer lauter.. Ich wusste, Paul war ein Stehaufmännchen und sein bestes Stück ebenfalls. Anscheinend hatte er wirklich großen Spaß. Das fand ich toll. „Ich glaube, das wird noch eine Weile dauern, mit den Beiden." Äußerte ich. „Hast du Lust auf ein neues Spiel?" „Das ist leider nicht möglich. Meine Oma wartet heute auf mich. Ich habe ihr versprochen, ihr beim Obsteinkochen zu helfen." Sagte Eva und zog sich dabei an. In diesem Moment kamen Paul und Maria dann doch hintern den Büschen hervor. Ihre Haare waren zerwühlt und beide sahen sehr zufrieden aus. Ich schaute Paul fragend an und er grinste frech zurück. Danach unterhielten wir uns kurz und er lud Maria für den nächsten Tag ein. Gleich morgen wieder? Übertreibt er das jetzt nicht, dachte ich. Aber Maria sagte zu. Danach lief ich mit ihm nachhause. Auf dem Weg dahin platzte ich fasst vor Neugier: „Na wie war es?" Wollte ich wissen. „Ganz gut." Mehr sagte er nicht dazu. „Hast du heute viel mit Eva angestellt?" Fragte er mich dann. Und da er mir selbst keine erschöpfende Antwort gegeben hatte, sagte ich kurz: „Ja." „Ich frage, weil ich wissen wollte, ob du heute noch Lust hast. Ich würde dich gern noch einmal in mich spüren und auch dich noch einmal verwöhnen." „Seit wann fragst du mich, ob ich Lust habe? Habe ich da jemals nein gesagt." Dabei sah ich ihn grinsend an. Danach begaben wir uns schnell auf direkten Weg in die Scheune. Nachdem wir uns ausgetobt hatten, erzählte er mir dann in allen Einzelheiten, was er mit Maria erlebt hatte. Ich fragte ihn: „Warum hast du sie denn gleich wieder für Morgen eingeladen? Willst du jetzt gar nicht mehr mit mir und Eva zusammen sein?" „Doch." Sagte er. „Wenn es euch recht ist, bleibe ich morgen mit ihr bei euch. Mal sehen, was sich da so ergibt." „Aber Maria ist aus unserem Ort. Wenn die sieht, dass wir beide es miteinander treiben, wird bald der ganze Ort davon wissen. Das heißt, wir können uns dann nicht zusammen vergnügen." „Da habe ich gar nicht dran gedacht. Das ist Mist. Dann wird es morgen das letzte Mal sein, dass sie mit dabei ist."

Am nächsten Morgen, kam mein Vater zu mir und sagte: „Wir müssen heute raus aufs Feld und das Futter in die Scheune bringen. Am Abend soll ein Gewitter kommen. Wenn das Futter wieder nass wird, dann verdirbt es uns noch." „Gut dann renne ich noch schnell zu Paul und sage Bescheid, dass ich heute keine Zeit habe." Rief ich und rannte zu ihm. Paul aber war sofort bereit, mir zu helfen, und wollte mitkommen. „Aber wer sagt den Mädels Bescheid?" Fragte ich. „Die werden schon merken, dass wir nicht kommen. Dann sind sie eben mal unter sich. Das sind doch Mädels sowieso ab und zu mal gern." Ich lächelte, denn ich kannte ja

Evas Fantasien. Trotzdem rief ich sie an und gab ihr Bescheid. Da Maria ihr Telefon nicht abhob und der Anrufbeantworter auch nicht ansprang, konnte ich ihr keine Nachricht hinterlassen. Eva wollte deshalb zur verabredeten Zeit zum Hügel laufen und sich mit ihr treffen. „Gut." Sagte ich. „Dann wünsche ich euch beiden viel Spaß." Danach fuhren wir mit meinem Vater aufs Feld, um das Futter in die Scheune zu bringen. Durch die Hilfe von Paul waren wir dann doch schneller als geplant fertig. Mein Vater fuhr danach mit dem Hänger zum Nachbarn. Auch er war dabei das Heu vom Feld zu holen. Er wollte ihm helfen. In dieser Zeit verstauten wir unser Heu in der Scheune.

Als wir unsere Arbeit beendet hatten, bestaunten wir zufrieden unser Werk. „Was machen wir jetzt? Wollen wir noch auf den Hügel zu den Mädchen gehen?" Fragte ich, denn es war ja noch nicht so spät. Paul grinste mich frech an und sagte: „Willst du das wirklich?" Der Duft von frischen Heu füllte die Scheune und in uns brachen wieder erotischen Gefühlen auf. Als ich die schon erheblich größer gewordene Beule in Pauls Hose bemerkte, lief ich zu ihm und nahm ihn an die Hand. Seine Hand war schon ganz heiß. Diese Hitze übertrug sich auch auf mich. Ich spürte förmlich, wie die Wärme seiner Hand sich auf meine übertrug und dann den Arm hinaufstieg. Bis sie allmählich wie eine Welle durch meinen ganzen Körper zog. Oh wie herrlich war es doch wieder, als es zwischen meinen Lenden heiß wurde und mein Liebesbolzen zu zucken begann. Also zog ich ihn schnell hinter den Strohballen, die in einer Ecke der Scheune aufgestapelt waren. Dann zogen wir schnell unsere Kleider aus und fielen wie verrückt über uns her. Wir genossen es wieder mal, ganz für uns zu sein. Wie immer konnten wir nicht genug von einander bekommen. Erst am Abend, als meine Mutter uns zum Abendessen rief, kamen wir völlig geschafft aus unserem Versteck hervor. Paul blieb natürlich zum Essen. Als wir blass und verschwitzt die Küche betraten, sah uns meine Mutter erschrocken an. „Wie seht ihr denn aus? Setzt euch schnell hin Jungs, esst und trinkt erst einmal ordentlich. Ihr seid ja ganz geschafft." Sagte sie und stellte auf den Tisch Schüsseln mit Essen. Paul antwortete: „Danke, aber es war schön, dass wir uns wieder einmal richtig austoben konnten." „Ja, das war es." Bestätigte ich daraufhin schnell. „Na da bin ich ja froh, dass ich zwei so starke Männer habe, die im Hof mal ordentlich anpacken können." Sagte sie zum Schluss. Dann lief sie wieder in den Stall, um das Vieh zu füttern.

Wir grienten uns an und begannen uns die Bäuche vollzuschlagen, denn nach dieser Aktion hatten wir wirklich riesigen Hunger. Ich sagte gespielt fürsorglich: „Paul iss ordentlich. Du hast es dir heute redlich verdient." Dabei rutschte ich mit meinem Hintern auf dem Stuhl auffällig hin und her und griente ihn an. „Dann hau du aber auch richtig rein, denn du warst mindestens genau so fleißig." Antwortete er. Ich rechnete im Gedanken nach, was sich alles in der Scheune hinter dem Stroh abgespielt hatte. Dann sagte ich etwas stolz: „Das stimmt. Ich bin sogar ein Punkt in Führung." Denn ich hatte einmal mehr meinen Liebessaft herausgespritzt als er. Paul protestierte: „Aber du musst auch die Zeit in deine Rechnung einbeziehen." Noch einmal ließ ich mir den Nachmittag im Stroh mit ihm durch den Kopf gehen. Plötzlich verflog mein Stolz, denn ich stellte dabei fest, dass er wohl dann doch mit einigen Punkten vor mir lag. Paul hatte einfach mehr Ausdauer als ich. Schnell sagte ich mit sicherer Stimme: „Na gut, dann unentschieden." Er lächelte und antwortete: „Ja unterschieden. Aber das ist doch egal, Hauptsache wir waren beide glücklich dabei. Und ich war so glücklich, wie schon lange nicht mehr" Ich sah ihn mit strahlenden Augen an, nickten zustimmend und sagte inbrünstig: „Ich auch."

Am darauffolgenden Tag trafen wir uns wieder auf dem Hügel. Als Paul und ich ankamen, war Eva schon da. Wir setzten uns neben sie ins Gras und warteten auf Maria. Währenddessen fragte ich sie: „Und, wie war es gestern? Hattet ihr einen schönen Nachmittag zusammen?". Sie lächelte und nickte heftig. Ich lachte: „Na dann hat es ja geklappt." Paul sah uns fragend an. „Maria und Eva hatten gestern einen heißen Mädels Nachmittag." Erklärte ich ihm. Anscheinend hatte er es immer noch nicht richtig begriffen. „Heißt das, ihr hattet Sex miteinander?" Und schaute dabei ungläubig Eva an. „Ja" antwortete sie kurz. Jetzt war Paul völlig von den Socken. „Das ist ja geil. Macht ihr es heute noch einmal? Ich würde gern mal zu schauen." „Wen sagst du das." Schob ich bestätigend hinterher. Gleich danach kam Maria. Als sie unsere strahlenden Gesichter sag, schaute sie Eva fragend an. „Ich habe den Jungs von gestern erzählt." Sagte Eva zu ihr.

Maria schaute zu uns: „Ihr beide bespringt euch doch auch öfter mal." „Wie kommst du darauf?" Fragte ich sie. „Na ihr seht immer so glücklich aus. So sieht kein Junge in eurem Alter aus, wenn er kein ausgeglichenes Sexleben hat. Und da ihr beide zusammen so glücklich ausseht, stellt sich doch die Frage, wo ihr eure Triebe auslebt, wenn nicht miteinander." Als wir dazu schwiegen, sprach sie weiter: „Entschuldigt, ich wollte euch nicht in Verlegenheit bringen. Es ist mir egal ob ihr schwul, bi oder hetero seid. Hauptsache ihr seid glücklich. Ich finde es super, wie ihr es macht. Anders als mancher hier im Ort, von dem ich weiß, dass sie es heimlich miteinander treiben. Ob mit einer andern Frau oder einen Mann oder mit beiden. Das gibt es auch hier alles. Aber offiziell wettern sie dagegen. Ihr macht es richtig. Hauptsache ihr seid glücklich. Dafür habt ihr meine Anerkennung. Ich werde auf keinem Fall mit jemand anderen darüber reden. Also lasst uns einfach zusammen glücklich sein." „Du hast völlig Recht." Sagte Paul und küsste mich vor ihren Augen. Sie lächelte uns an: „Ihr seht richtig süß dabei aus. Das passt. Bitte mehr davon." „Dann wollen wir aber auch sehen wie du dich mir Eva vergnügst." Entgegnete ich.

Daraufhin küsste sie Eva und sie begannen sich zu streicheln. Erst zärtlich am Hals und dann gegenseitig ihre Brüste. Langsam kamen sie in Fahrt und zogen ihre Blusen aus. Sie hatten keinen BH an. Die Brüste von Maria waren sehr groß und fest. Ihre Brustwarzen sahen riesig daraus aus und ihre Nippel waren schon ganz steif und standen unübersehbar mitten auf dem Hügel. Das bemerkte auch Eva und spielte mit Bewunderung daran. Dann nuckelte sie an ihnen. Das erregte Marie augenblicklich „Oh wie ich das liebe." Rief sie. „Ja das macht sie immer ganz geil, wenn du da erst einmal dran bist, wird sie völlig hemmungslos und du kannst mit ihr machen, was du willst." Flüsterte Paul mir leise zu. „Und wo muss ich bei dir ran, damit du dich mir hemmungslos hingibst?" Fragte ich ihn. „Das weißt du doch. Du kannst mit mir immer machen, was du willst." Und lächelte mich dabei verschwitzt an. Das reichte mir.

Ich schnappte ihn und wir küssten uns. Zogen uns dann schnell aus und als er unter mir lag, hob ich seine Beine und drückte sie nach vorn, so dass sich sein Po weit öffnete und nach oben kam. Dann drang ich in ihn ein. „Ich liebe dich." Flüsterte er erregt dabei. Als wir die beiden Mädels stöhnen hörten und sie immer wieder wollüstig jammernd riefen: „Ja, Ja, weiter!" Verloren auch wir endgültig die Beherrschung. Wir vereinigten uns von vorn und hinten, mal er und dann ich. Auch wir bildeten eine geräuschvolle Kulisse dabei. Nach einer Stunde waren wir erschöpft.

Jetzt schauten wir zu den beiden Mädels. Sie lagen zufrieden im Gras und hatten ihre Augen geschlossen.

Ich schaute auf die großen Nippel von Maria. „Was glaubst du, ob sie jetzt immer noch willenlos wird, wenn wir uns an ihren Nippel festsaugen?" Fragte ich Paul. „Ich weiß nicht aber ich glaube schon." Antwortete er. Wir krochen leise zu ihr. Einer von links und der andere von rechts. Gleichzeitig nuckelten wir kräftig an ihren Brustwarzen. Maria erschrak und stöhnte laut auf. Sie wollte sich wegschieben. Aber desto stärker sie versuchte wegzukommen, umso kräftiger saugten wir an ihre schon hart gewordenen Nippeln. Schließlich ergab sie sich und stöhnte laut. „Ja, ja, ihr macht mich so geil." Rief sie. Dabei öffnete sie ihre Beine und faste sich selbst in den Schritt. Als Eva das sah, wurde auch sie wieder munter. Sie schob die Hand von Maria weg und legte ihr Gesicht zwischen ihre Schenkel. Marie geriet jetzt völlig außer sich. Sie fing an zu schwitzen und zu wimmern. Dann griff sie mit ihren Händen nach uns und wollte zwischen unsere Beine. Deshalb knieten wir uns hin, blieben aber dabei immer an ihren Brustwarzen kleben, an denen wir uns schon festgesaugt hatten. Maria erreichte in dieser Stellung bequem unsere Lustspritzen, die sich schnell wieder aufrichteten, und fuhr heftig daran mit den Händen entlang. Dabei drehte sie unsere steifen Glieder leicht in alle Richtungen und spielte mit dem Daumen gleichzeitig zärtlich an den Eicheln. Oh sie wusste, wie sie einen Mann in Ekstase bringen konnte. Eva sah kurz auf und bemerke unsere Hintern wie sie in

Reichweite ihrer Arme nach oben standen. Während sie ihren Kopf wieder in den Schritt von Maria versenkte, streckte sie ihre Arme aus und steckte jedem von uns einen Finger ins Loch und bewegte sie heftig wackelnd in uns. rein und dann immer ein Stück vor und zurück. Dabei massierte sie unsere Prostata. Auch sie war ein Profi darin und katapultierte uns damit in eine unbeschreibliche Ekstase. Marie glitt unterdessen an unsere schon vor Erregung zuckenden Glieder kräftig entlang und wir zogen dabei mit dem Mund kraftvoll an ihre Nippel. Eigentlich wollten wir ja nur aus Spaß Marie außer Rand und Band bringen, aber jetzt hatten die Mädels, im wahrsten Sinne des Wortes, uns fest im Griff. Paul und ich waren so auf den Gipfel der Lust gestiegen und es kam uns fast gleichzeitig. Kurze Zeit später hob Maria ihr Becken hoch und stöhnte laut. Auch sie bekam einen unüberhörbaren Höhepunkt. Dann fiel sie erschöpft ins Gras. Wir ließen von ihr ab und schauten in ihr Gesicht. Sie öffnete die Augen, lächelte und sagte: „Ihr seid Teufel aber liebe." Wir grienten sie an und gaben zurück: „Du aber auch." Ich drehte mich zu Eva und sagte: „Und du bist die Schlimmste." „Wieso denn ich!" Rief sie gespielt empört mit ihrer Unschuldsmiene.

Maria erklärte uns an diesem Tag, dass sie in Zukunft nicht mehr zu uns auf den Hügel kommen kann. Sie hatte einen kleinen Hof und viel Arbeit. „Ihr könnt mich aber besuchen" bot sie uns an. Als sie fort war, unterhielten wir uns darüber. Eva hatte aber keine richtige Lust dazu.

„Ich wollte mal wieder mit einer Frau zusammen sein. Das war sehr schön aber jetzt habe ich meine Lust erst einmal für eine Weile gestillt." Ich selbst hatte Eva und Paul, deshalb fand ich weitere Treffen auch nicht für wichtig. Nur Paul beschloss sie besuchen.

Nachdem er das zweite Mal Maria besucht hatte, kam er danach am späten Abend zu mir und sagte mit ernster Miene: „Max wir müssen miteinander reden." „Was ist denn los?" Fragte ich etwas überrascht. „Komm, lass uns rausgehen und ein bisschen laufen." Bat er mich. Es war schon dunkel und wir liefen an diesem außergewöhnlichen warmen Sommerabend aus dem Dorf einen kleinen Feldweg entlang. Paul hatte vier Flaschen Bier im Rucksack. Sein Gesichtsausdruck sagte mir, dass es sich um etwas Wichtiges handelte, was ihn beschäftigte. Am Rande eines Maisfeldes setzten wir uns ins Gas und tranken Bier.

Endlich fing er an zu erzählen: „Max, du bist der wichtigste Mensch in meinem Leben. Noch nie war jemand so wichtig für mich. Ich liebe dich und möchte mit dir zusammen sein und bleiben. Es gefällt mir nicht, wenn ich zu Maria gehe und du nicht dabei bist, zu mindestens auch nicht in der Nähe. Ich weiß, du hältst es vielleicht für dumm, aber so fühle ich nun mal. Gerne hätte ich mit dir zusammen auch Frauen. Ich finde das schön aber nur mit dir gemeinsam. Was hältst du davon, wenn wir beide Zusammenbleiben und später eine Großfamilie gründen. Ich möcht ja auch mal Kinder haben. Lass uns Frauen suchen, die zu uns passen. Wir haben gesehen, dass es sie gibt. Eva und Maria wären ja dafür geeignete Partner. Aber Marie hat schon ihr eigenes Leben und Eva wird wahrscheinlich nie zu uns ziehen. Aber wir wissen jetzt, es gibt sie, diese Mädchen oder Frauen, die zu uns passen. Bitte lass es uns versuchen."
Ich antwortete ihm. „Paul, ich finde es gar nicht dumm, dass du in meiner Nähe sein willst, auch wenn du mit einer Frau zusammen bist. Ich fühle nämlich genau so, wenn du nicht da bist. Ohne dich fehlt mir was. Zwar kann ich mit Eva auch

alleine auf dem Hügel sein. Aber nur, weil du schon oft mit dabei warst. Du bist mir dann trotzdem irgendwie nah, auch wenn du nicht da bist. Und ich weiß, dass Eva dich ebenfalls sehr lieb gewonnen hat. Ich glaube sogar, dass du ihr fehlst, wenn ich alleine zu ihr komme. Du bist ebenfalls der wichtigste Mensch in meinem Leben und ich kann mir nicht vorstellen ohne dich zu sein. Wir werden einen Weg zusammen finden. Und wenn Eva wirklich nicht zu uns ins Dorf kommt, was ich stark annehme, lernen wir irgendwann zwei andere Mädchen kennen. Kinder können wir dann mit ihnen zeugen, denn auch ich möchte das."

Nachdem ich mich eindeutig zu unserer Freundschaft bekannt hatte, lächelte ich, und schob spaßig hinterher: „Dein geiler kleiner Po ist der Mittelpunkt meines Lebens und erregt mich aufs Höchste." Und schon dachte ich daran, ihn wieder zu streicheln und zu küssen. Aber der Gedanke steht immer vor der Aktion. Bevor ich in der Lage war es umzusetzen, rief Paul empört: „Hör auf Max! Bei so einem ernsten Thema ist mein Hintern doch nicht das Wichtigste." Ich lachte und sprach weiter: „Aber wenn es doch so ist. Er ist vielleicht nicht das Wichtigste aber das Schönste, oder gefällt dir mein Po nicht so gut?" Fragte ich gespielt verunsichert. „Natürlich erregt er mich genauso. Nichts ist geiler als dein knackiger Po, aber ..." „Siehst du!" Unterbrach ich ihn. „Selbst darin sind wir uns einig." Und giente ihn an. „Du bist unmöglich Max." sagte er und lächelte dann ebenfalls. Danach kam er und küsste mich. „Es ist doch alles gesagt. Lass es uns zeigen, wie sehr wir uns lieben." Sagte ich zu ihm. Kurze Zeit später lagen wir nackt im Gras. Paul hatte sich auf den Bauch gelegt und hob seinen Po, der in dieser Nacht für mich wie der Planet des kleinen Prinzen im Mondlicht leuchtete. Es fehlte nur die Blume darauf, wobei ich an mein Lieblingsbuch „Der kleine Prinz" dachte. Aber da er mich grade zurechtgewiesen hatte, unternahm ich nichts und sagte kein Wort dazu. Das war sonst nicht meine Art. Er fragte mich deshalb: „Stimmt das, was du gerade gesagt hast, ist er wirklich der Mittelpunkt deines Lebens?" Dabei wackelte er leicht mit seinem Hinterteil. „Oh ja." Sagte ich schwärmerisch, während ich ihn mir betrachtete und mein Herz dabei schon schneller schlug. Ich pflückt eine Mohnblume die neben mir im Gras stand und steckte sie in seinen Po. „Jetzt ist es perfekt" resümierte ich entzückt und küsste danach alle Stellen dieses im Mondlicht funkelnden kleinen Wunders, welches er mir jetzt höher entgegen streckte. Wir verfielen in eine hemmungslose und wilde Ekstase. Noch nie haben wir gegenseitig dabei so oft unsere Liebe für einander beteuert. Erst als es hell wurde, beendeten wir die leidenschaftlichen Umarmungen, aber nur weil wir befürchten mussten, dass wir im Maisfeld entdeckt werden. Wir beschlossen, dass wir uns erst mal wieder zusammen mit Eva auf dem Hügel treffen. Sie würde sich ebenfalls darüber freuen, da war ich mir sicher. Als sich die Ferien langsam dem Ende zu neigten, fuhr sie zurück nach München. Wir verabschiedeten uns von ihr am Bahnhof. Auf dem Heimweg dachte ich, obwohl ich Paul liebe und mir in diesem Moment nichts Schöneres vorzustellen kann, als eine gemeinsame Zukunft mit ihm, war ich gleichzeitig auf die wilden und hemmungslosen Spiele mit Eva verrückt. Und nicht nur das. Sie war meine beste Freundin und auch sie liebte ich. Ich fand das trotzdem normal und war äußerst zufrieden damit. Dabei beäugte ich schon wieder den strammen kleinen Hintern von Paul, der vor mir den schmalen Waldweg entlanglief.

***

Zeichenmappe „Der Liebesreigen"

-Miniaturauszug 3-

3. Mädchenfantasien

„Jungs sind alle doof." Eröffnete mir Susi bei ihrer Begrüßung, als sie aufgeregt in meine Wohnung stürmte. Sie stand völlig aufgelöst im Flur. Ich lief zu ihr und umarmte sie. „Setz dich erst einmal und beruhige dich." Sagte ich und begleitete sie dabei in mein Zimmer. Wir waren beste Freundinnen und sie hatte heute ein Date mit dem begehrtesten Jungen der Klasse gehabt. Danach kam sie gleich zu mir, um zu berichten, wie es war und was passiert ist. Sie war ziemlich aufgebracht. Ich fragte sie deshalb: „Warum bist du denn so aufgeregt?" Und sie fing an zu berichten.

„Du weißt ja, dass ich mit Erik heute am Kino verabredet war. Wir gingen in den Film Yesterday, den ich mir ausgesucht hatte. Im Kinosaal angekommen, steuerte Erik gleich die hintersten Reihen an. Die letzten beiden waren schon belegt. Wir setzten uns deshalb in die Nächste. Ich hätte lieber weiter vorn gesessen, aber ich wollte nicht schon am Anfang gleich rummeckern. Während des Films legte er seine Hand auf meine Schenkel und führe sie langsam und unauffällig immer ein Stück höher. Als er fast in meinem Schritt angelangt war, nahm ich seine Hand und hielt sie fest. Da er merkte, dass er so bei mir nicht weiter kam, nahm er sie wieder fort und legte den Arm um meine Schulter. Das fand ich angenehm. Aber ständig streichelte er mit seinen Fingern an meinen Hals, was mich total vom Film ablenkte. Hinter uns küssten sich Paare und direkt neben mir befummelte ständig ein Jungen seinen Begleiter. Wobei der fortwährend flüsterte: „Nicht hier, hör auf."

Seine Stimme klang aber mehr danach, dass sein Freund wohl doch weiter machen soll.

Ich hätte Erik besser gesagt, dass ich lieber weiter vorn sitzen will. Aber da bin ich widerspruchslos mit ihm nach hinten gegangen, also nahm er wahrscheinlich an, dass ich mit seiner Fummelei einverstanden bin. Dafür waren ja diese Orte bekannt. Dachte ich und ärgerte mich etwas über meine Inkonsequenz. Dann drehte er sich zu mir, und versuchte mich zu küssen. Als ich mich wegdrehte, sagte er: Komm, Susi hab dich nicht so. Alle tun das hier. Deshalb gab ich nach und wir küssten uns. Das konnte er wirklich gut. Ich wollte ihn ja an diesem Abend küssen aber das erste Mal mit ihm, hatte ich mir anderes vorgestellt. Eben romantischer und nicht auf einem Sitz im Kino, nur weil das hier alle tun. Deshalb war ich dann doch nicht so begeistert davon, zumal er dabei wieder versuchte, seine Hand zwischen meine Beine zu schieben. Hinter mir stöhnte leise ein Mädchen und ich drehte mich kurz zu ihr, um zu sehen, was los war. Da sah ich, wie ihr Begleiter seine Hand unter ihrem Kleid hatte und sich mächtig darunter zu schaffen machte. Sie hatte ihre Augen geschlossen und stöhnte leise. Die beiden Jungs neben mir waren plötzlich auch ganz ruhig geworden. Ich sah, wie sie ihre Hände gegenseitig auf die großen Beulen in ihren Hosen gelegt hatten. Mit ihren Finger kratzten sie immer fort darauf rum. Vom Film sahen sie nichts mehr, dann ihre Augen waren geschlossen und der Mund leicht geöffnet. Eigentlich sah das ja süß aus. Und ich gebe zu, es erregte mich auch etwas, zu sehen wie sich ihre großen Beulen zwischen den Beinen ruckartig bewegten. Aber musste das ausgerechnet im Kino sein?"

„Nun ja." Sagte ich „Die haben das vielleicht auch vorher nicht geplant. Aber wie lief es mit dir und Erik weiter?"

„Als der Film zu Ende war, schlug Erik vor, mit mir noch durch den Park zu bummeln. Es war schon dunkel aber die Luft angenehm warm. *Jetzt kommt der romantische Teil,* dachte ich. Er nahm meine Hand und ich lief mit ihm in den Park. Unterwegs erzählte er mir fortlaufend von seinem Radsport. Er war ja ein guter Rennfahrer aber sein Sport interessierte mich nicht so sehr, um die ganze Zeit davon zu hören. Warum spielte er nicht ein Instrument, dann könnten wir uns mal über Musik unterhalten, dachte ich. Aber dann hätte er vielleicht auch nicht so einen geilen Hintern, und ich lächelte bei diesem Gedanken. Schließlich kamen wir in den Park und er küsste mich wieder. Dabei drückte er seinen Körper fest an meinen. Ich spürte wie sich in seiner Hose etwas bewegte und er immer erregter wurde. Das fand ich dann schon aufregend. Er nahm mich wieder an die Hand und führte mich vom Weg weck, zielgerichtet auf eine kleine versteckte Wiese. Anscheinend kannte er sich hier gut aus. Dann setzte er sich ins Gras. Komm, setzt dich zu mir. Forderte er mich auf. Ich fühlte mich nicht wohl dabei aber was sollte ich tun? Mich umdrehen und nachhause laufen? Das war mir dann auch zu dumm. Ich hatte ja Interesse ihn kennenzulernen. Also setzte ich mich neben ihn und er küsste mich wieder. Das gefiel mir. Dann legte er mich plötzlich ins Gras und kroch auf mich drauf. Das ging mir alles zu schnell. Er versuchte, meine Beine zu öffnen, aber ich war stark genug, ihn daran zu hindern. Es gelang mir, unter ihm hervorzukriechen. Dann ich lief fort." „Dann hat er ja versucht, dich zu vergewaltigen!" Rief ich entsetzt. „So war es auch wieder nicht. Er hat mich freiwillig vorgelassen, als er merkte, dass ich wirklich nicht will. Nachdem ich unter ihm hervorgekrochen war, bat er mich da zu bleiben.

Er würde vernünftig sein, versprach er mir. Aber ich hatte absolut keinen Bock mehr dazu."

Als sie fertig mit ihrem Bericht war, stand ich auf, holte ein Glas Wein und sagte: „Jetzt bist du ja hier. Trink erst einmal einen Schluck und beruhige dich." „Kann ich heute bei dir schlafen?" Fragte sie mich. „Ich habe keine Lust mehr nachhause zu gehen und möchte nicht alleine sein." Es war ja nicht das erste Mal das sie bei mir übernachtete oder ich bei ihr. „Selbstverständlich kannst du hierbleiben." Sagte ich. Ich holte daraufhin die restliche Flasche Wein, die ich gerade geöffnet hatte, in mein Zimmer und wir setzen uns gemütlich aufs Sofa. Nach dem dritten Glas gehörte das Erlebnis mit Erik der Vergangenheit an und wir sprachen wieder über unser Lieblings Thema „Jungs". Plötzlich sagte Susi: „Evelyn, ich glaube, Jungen wissen gar nicht, was Mädchen wirklich wollen." „Das ist mir auch schon klar geworden." Antworte ich. „Aber was meinst du konkret damit?" „Ich meine wie sie sich beim Sex verhalten. Die streben immer nur nach dem einen und das so schnell wie möglich. Wenn sie dann abgespritzt haben, ist erstmal Ruhe. Meistens ziehen sie sich gleich wieder an und verabschieden sich, weil sie noch eine Verabredung mit ihren Freunden haben." Erklärte sie mir. „Jungen sind ebenso. Da kann man auch nicht machen." Sagte ich etwas resigniert. „Wie würde denn für dich Sex aussehen müssen, damit du richtig glücklich bist?" Fragte ich sie dann. „Na ohne ein Ziel. Einfach mal zärtlich sein. Ohne immer denken zu müssen, dass der Kerl gleich sein Glied in dich rein stecken will oder du ihn anderweitig zum Abspritzen bringen sollst. Es erregt mich, wenn man meine Brustwarzen streichelt und dann an ihnen nuckelt.

Wenn man mit den Finger zärtlich und lange zwischen meine Schamlippen fährt, so dass sie anschwellen und es feucht wird. Ich würde dann gern geleckt und am Kitzler so lange gerubbelt werden, bis es mich total erregt, so dass ich es kaum noch aushalten kann und meine Beine weit öffne." Ich hörte interessiert ihren Beschreibungen zu und es erregt mich. Da ich keinen BH und nur ein enges T-Shirt trug, zeichneten sich meine hart gewordenen Brustwarzen deutlich daran ab. Als Susi das sah, nahm sie ihre Hände und streichelte meine Nippel. Du hast schöne große Brustwarzen, sagte sie dabei. Ich fing leise an zu stöhnen. „Willst du, dass ich damit aufhören?" Fragte sie mich. „Wenn es dir gefällt, streichele mich weiter." Antwortete ich leise und schon etwas erregt. Sie kreiste jetzt mit ihren Handflächen über meine Brustwarzen. Dann nahm sie beide zwischen Daumen und Zeigefinger und drehte sie leicht hin und her. Ich stöhnte lauter „Oh, das ist wunderbar." Sagte ich. Wir saßen nebeneinander und ich sah ihren verträumten Blick als sie mich auf diese wunderbare Art verwöhnte. Jetzt küsste sie mich zärtlich und legte eine Hand auf meinen Hals. Ich begann, ebenfalls ihre Brüste zu streicheln. Unsere Küsse wurden mit der Zeit leidenschaftlicher. Dann zog sie mein T-Shirt aus. Sie küsste meine Brustwarzen und zog mit den Lippen daran. Ich stöhnte leise und mein Körper zitterte vor Erregung. Etwas später zog auch ich sie aus und wir legten uns ins Bett. Dort küssten wir uns lange und spielten dabei gegenseitig an unseren Nippeln. Als sie mit ihrem Mund diese zum wiederholten Mal küsste und an ihnen saugte, kam sie nicht wieder nach oben, sondern rutschte weiter nach unten. Küsste meinen Bauch und dann legte sie ihr Gesicht zwischen meine Beine. Ich ließ alles zu, denn sie hatte mich schon total erregt.

Mit ihrer Zunge fuhr sie durch meine Scheide und als sie immer schneller und tiefer, damit in mir eindrang, drehte ich völlig ab. Ich fühlte mich wie in einer anderen Welt. So etwas hatte ich noch nie erlebt. Dann hörte sie auf und ich bog mein Becken nach oben und stöhnte erregt: „Weiter. Bitte." Jetzt war sie nicht mehr zu bremsen. Ich war schon ganz feucht. Sie leckte mit ihrer Zunge immer schneller und tiefer in mir. Ich stöhnte laut und bewegte meinen Körper vor Wollust hin und her. Dann kam es über mich. Ein gewaltiger noch nie erlebter Orgasmus. Ich war danach so glücklich und zufrieden, wie ich es zuvor nicht für möglich gehalten hätte. Susi kam wieder nach oben und flüsterte: „Du bist zauberhaft in deiner Lust." Jetzt drehte ich sie auf den Rücken und begann das gleiche Spiel mit ihr. „Du sollst nun auch im siebenten Himmel schweben." Sagte ich zu ihr. Susi war bereit dazu und genoss es in vollen Zügen. Sie öffnete ihre Beine und hob ihr Becken weit nach oben, kreiste damit, während ich, so tief es mir möglich war, mit meiner vibrierenden Zunge in sie eindrang. Dann kam es ihr und sie fiel danach zufrieden und glücklich aufs Bett zurück. Wir lagen jetzt engumschlungen beieinander und nach einer Weile schliefen wir ein. Es war wundervoll und wir taten es nach diesem Abend, mit viel Fantasie und Ausdauer, öfter. Mit Jungs war es ja früher auch interessant aber sie suchten dann doch in erster Linie nur ihre Befriedigung. In den meisten Fällen bekam ich kein Orgasmus dabei. Mit Susi war es anders. Wenn wir zusammen waren, war es ihr Ziel mich zum Orgasmus zu bringen. Und das gleiche tat ich dann auch bei ihr. Dabei entdeckten wir immer mehr Möglichkeiten wie wir unsere Lust als Frauen ausleben können. Es war total entspannt und wir sind immer auf unsere Kosten gekommen. So oft und so lange wir wollten.

Zwei Monate später war ich auf einer Protestveranstaltung für mehr Umweltschutz. Susi war an diesem Tag verhindert und deshalb nicht dabei. Sie fuhr übers Wochenende mit ihrer Mutter zu ihrer Tante. Da mir aber diese Veranstaltung wichtig war, besuchte ich sie alleine. Bei der Demo lief Luca neben mir. Er kam aus unserer Parallelklasse. Eigentlich war er mir vorher nie groß aufgefallen. Ein unauffälliger Typ, der nicht viel sprach. Einer, der immer mit den gleichen Klamotten rumlief, eine blaue 501 Levis und ein blaues oder schwarzes einfaches T-Shirt. In Diskotheken sah ich ihn nie. Aber heute auf dem Protestmarsch strahlte sein Gesicht voller Begeisterung. Jetzt, da wir zusammen auf der Demo liefen, sah ich ihn mir zum ersten Mal richtig an. Luca war ein hübscher Junge. Er hatte eine sportliche Figur und in seiner Jeans einen knackigen Po. Er war schlank und hatte schwarze kurze Haare. Warum ist der mir noch nie aufgefallen, dachte ich. Plötzlich sah er mich mit seinen dunkelbraunen Augen an und sagte: „Das ist geil hier, meinst du nicht auch?" „Ja, super." Antwortete ich. Meine Antwort nahm er als Anlass, mir weitere Fragen zu stellen. Ich registrierte, wie er sich bemühte, mit mir ins Gespräch zu kommen. Dieser Jung war anders als die anderen, das faszinierte mich und ich ließ seine neugierige Kontaktaufnahme zu. Während des Marsches unterhielten uns angeregt. Nachdem sich die Demonstration dem Ende zu neigte, fragte er mich: „Wollen wir noch zusammen ein Eis essen gehen.". Es war warm und nach dem Marsch, den wir gerade hinter uns hatten, hielt ich das für eine gute Idee. Also liefen wir zur italienischen Eisdiele, die sich gleich in der Nähe befand. Die war aber knacke voll. „Anscheinend sind nicht nur wir nach dem Marsch auf die Idee gekommen." Sagte ich zu ihm.

Deshalb kaufte er uns nur ein Eis im Pappbecher und wir setzten uns auf eine Bank im nahelegenden Park.

Eigentlich war es hier viel schöner als dort. Wir waren allein und konnten uns ungestört weiter unterhalten. Langsam gefiel es mir, mit Luca zusammen zu sein, und ich freute mich, dass er mich noch zu einem Eis eingeladen hatte. Luca gestand mir: „Du bist mir schon lange aufgefallen, aber ich wusste nicht, dass du dich auch so für den Umweltschutz einsetzt."

„Wieso bin ich dir aufgefallen?" Fragte ich. Luca lachte: „Ich wollte mich mit dir eigentlich über den Umweltschutz unterhalten." „Na dann darfst du mir nicht so etwas sagen. Ich bin ein Mädchen und neugierig." Antwortete ich kokett zurück. „Ja entschuldige. So viele Erfahrung mit Mädchen habe ich nicht. Ich wollte damit sagen, dass du sehr hübsch bist, eine tolle Figur hast und schöne Brüste." „Stopp, stopp, so genau musst du mir das auch nicht gleich erzählen. Es reicht, wenn du mich hübsch findest." Sagte ich lächelnd. „Okay, ich finde dich hübsch." Korrigierte er die gerade getroffene Aussage und lächelte mich mit seinen weißen Zähnen an, die hinter dicken sinnlichen Lippen hervorblitzen. *Der Junge ist wirklich hübsch*, dachte ich und gab ihm für dieses Lächeln ein Küsschen auf den Mund. Er wurde rot. „Du hast tatsächlich noch keine Erfahrungen mit Mädchen. Wenn du sie so bezaubernd anlächelst, dann musst du damit rechnen einen Kuss zu bekommen." Sagte ich. „Ja das stimmt, Erfahrungen habe ich nicht viel. Ich merke aber, du kennst dich da besser aus. Vielleicht kannst du mir einiges beibringen, wie ich mich bei einem Mädchen verhalten soll. Ich bin ein gelehriger Schüler" antwortete er. Nicht schlecht pariert, dachte ich. Der ist nicht dumm.

„Okay. Wenn du ein Mädchen näher kennenlernen willst, dann lade sie ins Kino oder einfach mal zu einer Museums- oder zur Schlossbesichtigung ein." „Und woher weiß ich, was ihr gefällt?" „Wenn du sie ins Kino einlädst und sie hat keine Lust dazu, dich aber ebenfalls kennenlernen will, dann wird sie sagen, Kino ist nicht gut aber wir könnten… gehen." Erklärte ich ihm. „Möchtest du mit mir das Museum besuchen?" Fragte er mich jetzt. „Nein, im Museum war ich erst vor kurzen. Aber du könntest morgen Nachmittag zu mir kommen. Meine Eltern sind übers Wochenende nicht da. Ich koche etwas für uns, als Revanche für deine Einladung zum Eis." Antwortete ich. Er strahlte mich an und sagte gerne zu. „Wie hat dir die erste Lektion gefallen?" Fragte ich ihn. „Das war fantastisch." Antwortete er. Sah mich wieder mit seinem unwiderstehlichen Lächeln an und gab mir ein Kuss auf den Mund. „Oh ich merke, du hast schnell gelernt." Sagte ich gespielt wichtigtuerisch. „Ja." Antwortete er: „Und ich freue mich schon auf die morgige Lektion. Leider muss ich dich aber jetzt verlassen. Ich habe eine wichtige Verabredung mit meinen Eltern." Er stand auf. Ich blieb auf der Bank sitzen und war in Augenhöhe mit der Beule, die sich zwischen seinem Schritt deutlich von der Hose abzeichnete. Also entweder hat ihn unsere Unterhaltung schon so erregt, dass sein Glied schon anschwoll oder der hat wirklich einen riesen Hammer in der Hose, dachte ich. Wir verabschiedeten uns mit einem Küsschen. Er musste sich dafür zu mir runter neigen, denn ich blieb sitzen, da mir diese Aussicht gefiel. Als er sich umdrehte, begutachtete ich seinen knackigen Hintern, der mir schon bei der Demonstration aufgefallen war. In Augenhöhe sah ich, wie er sich bewegte, während er fort ging. Meine Beurteilung fiel äußerst positiv aus.

Warum hat dieser geile Typ noch keine Erfahrungen mit Mädchen? Fragte ich mich. Vielleicht ist er ja schwul. Nur dann hätte er sich nicht an mich rann machen müssen. Ich stellte fest, dass ich zu wenig von ihm wusste, um diese Frage heute zu beantworten. Also wollte ich den nächsten Tag abwarten, wenn er zu mir kam und sehen, wie es sich zwischen uns entwickelt.

Den ganzen Samstagvormittag verbrachte ich mit der Vorbereitung des Essens für Luca und mich. Ich war etwas aufgeregt aber die Arbeit lenkte mich davon ab. Deshalb fing ich schon zeitig damit an. Ich zauberte meinen gemischten Salat, für den ich in unserer Familie berühmt war, und bereitete eine selbstgemachte Pizza vor. Den Teig hatte ich fertig gekauft aber die Tomatensoße und der Belag waren meine eigenen Kreationen. Ich hatte Käse. Salami, Pilze, Peperoni und Schinken zurechtgeschnitten. Wenn Luca kam, sollte er mir sagen, was er auf seiner Pizza haben möchte.

Pünktlich um 17:00 Uhr stand er an der Tür und klingelte. Ich öffnete ihm und bat ihn einzutreten. Er hatte eine Flasche Rotwein mitgebracht, die er mir gleich im Flur entgegenhielt. „Ich hoffe, die passt zu dem Essen." Sagte er. „Ja, es gibt Pizza." Antwortete ich. „Oh, das hättest du nicht besser treffen können. Das ist mein absolutes Lieblingsessen." Vor lauter Aufregung hatten wir vergessen, uns zu begrüßen. Deshalb sagte ich ihm: „Also dann herzlich willkommen." Und wir gaben uns ein Küsschen. „Wann darf man denn ein Mädchen richtig küssen?" Fragte er mit seinem unwiderstehlichen Lächeln. „Das ist unterschiedlich. Am besten du probierst es einfach aus." Und dann küssten wir uns zum ersten Mal richtig. Und als wir uns danach in die Augen sahen und sie leuchtend verrieten: „Ich will mehr."

Küssten wir uns zum zweiten Mal, diesmal länger und leidenschaftlicher. Nach einer Weile trennte ich mich von ihm. „Komm, suche dir aus, was auf die Pizza soll." Ich nahm Luca an die Hand und führte ihn in die Küche. Dort zeigte ich ihm die vorbereiteten Zutaten. Als er die Möglichkeiten begutachtet hatte, die für den Pizza Belag da lagen, sagte er „Alles" und lachte. „Gut, dann belege ich es gleich und stelle es in den Ofen. Bis der Ofen heiß und sie fertig gebacken ist, dauert das dann circa 30 Minuten." Ich fing an die Pizza zu belegen und er half mir dabei. Zwischendurch öffnete ich die Flasche Wein, die er mitgebracht hatte und wir tranken bei der Zubereitung des Essens ein Glas. Der Rotwein war lieblich und ganz nach meinem Geschmack. Da ich noch nichts gegessen hatte, spürte ich schon die Wirkung des Alkohols und ich wurde lockerer. Ich bemerkte, wie mich Luca beobachtete, wenn ich durch die Küche lief und ich musterte ihn ebenfalls öfter. Immer wieder schaute ich auf die große Erhebung in seiner Hose, die mir ja schon beim ersten Mal aufgefallen war.

Es knisterte zwischen uns, aber wir hielten uns zurück. Wir redeten über die Demonstration, auf der wir waren und sprachen dann über unsere Interessen. Er war in einen Schwimmverein. Kein Wunder, das er so einen geilen Hintern hat, dachte ich. Ich erzählte ihm von meinem Yoga Kurs. Das interessierte ihn ebenfalls, was ich aus seinen Fragen darüber bemerkte. Als die Pizza fertig war, deckten wir den Tisch im Wohnzimmer. Wir setzten uns und aßen, tranken und plauderten mit einander. Ich fühlte mich bei ihm wohl und hatte das Gefühl, als kannten wir uns schon lange. Als wir mit dem Essen fertig waren und gemeinsam den Tisch abgedeckt hatten, saßen wir mit dem dritten Glas Wein im Wohnzimmer.

„Und wie sieht jetzt deine zweite Lektion aus?" Fragte er und schaute mich mit strahlenden Augen an. „Bevor ich mit der nächsten Lektion beginnen kann, muss ich erst etwas über deine Vorkenntnisse erfahren." „Meine Vorkenntnisse sind ausschließlich theoretischer Natur." Sagte er. Wirklich? Fragte ich. „Ja." „Bei den Mädchen und den Jungs?" Wobei meine Frage darauf abzielte, festzustellen ob er nicht doch ein bisschen schwul war. Er lachte und antwortete: „Lassen wir mal die neugierigen Jungenspiele bei Seite. Bei Mädchen gibt es nur theoretische Kenntnisse." Dann küssten wir uns wieder. „Soll ich dir zeigen, wie du sie richtig glücklich machen kannst?" „Oh, das ist ja mehr, als ich erhofft habe, aber natürlich sehr gerne." Nach dem dritten Glas des süßen, schweren Weins war ich mutig und sagte: „Dann zieh dich aus." Hatte ich das jetzt wirklich gesagt? Fragte ich mich. Er schaute mich mit großen Augen an: „Wirklich?" Ich merkte, dass ich ein bisschen zu forsch gewesen war. Was ich dem Alkohol zuschrieb. Aber jetzt konnte ich keinen Rückzieher mehr machen, sonst hätte ich meine Glaubwürdigkeit verloren. Deshalb bestätigte ich, etwas vorsichtiger, erneut meine Aufforderung: „Ja aber nur, wenn du willst. Ich möchte dich nicht dazu nötigen." Antwortete ich. Langsam und etwas unsicher zog erst sein Hemd aus.

Trotz seiner Jugend hatte er, durch den Sport den er trieb einen breiten Brustkorb und muskulöse Arme. Nur ein paar kleine Pflaumenhärchen waren auf seiner Brust. Danach knöpfte er die Hose auf und schaute mich an: „Und du?" Fragte er. „Später. Da kannst du mir besser dabei zu schauen." Mit der Antwort war er zu frieden. Er zog seine Hose aus und zum Schluss die Boxer Shorts. Jetzt stand er in seiner ganzen Pracht nackt vor mir. Mein Mund öffnete sich vor Erstaunen und blieb eine Weile in dieser Position.

Er hatte schon eine Erektion und ein riesiges Glied stand senkrecht an seinem Bauch. Es wurde feucht in meinem Schritt, als ich diesen herrlichen Jungen nackt vor mir sah und musste mich zusammen reißen, um nicht gleich mit ihm ins volle Programm überzugehen. „Nun du." Sagte er. Jetzt zog ich mich aus und er schaute mir zu. Dabei sprang sein Glied schon aufgeregt. Ich war so hin und her gerissen, dass ich, nach dem ich mich fertig ausgezogen hatte, gleich zu ihm lief und wir uns küssten.

Sein mächtiger Penis lag auf meinem Buch und strömte eine große Wärme aus. Er stöhnte schon leise. Ich wollte nicht, dass er so schnell einen Orgasmus bekommt. Dieser geile Junge sollte so lange wie möglich mit seiner Erregung meine Fantasie beflügeln. Deshalb löste ich mich von ihm und sagte: „Ich werde dir jetzt sagen, was mir besonders gefällt und du sagst mir, was dich anmacht, während wir uns näher kommen." „Ja." Flüsterte er aufgeregt. Um ihn erst einmal etwas zu beruhigen, stellte ich mich hinter ihn, führte meine Arme nach vorn und streichelte zärtlich seine Brust und den Bauch, dann den Rücken, bis ich an seinem herrlichen Hintern angelangt war und zwischen die Pobacken mit der Hand entlang fuhr. Er stöhnte wieder. „Gefällt dir das?" Fragte ich. „Ja." Hauchte er. „Du sollst doch sagen, wenn es dir gefällt, ohne dass ich dich fragen muss." Und gab ihm ein Klaps auf den Po. „Das erregt mich noch mehr." Rief er. Also klatschte ich ihn noch einmal auf den Hintern. „Oh ja, das ist geil." Rief er wieder. Jetzt versohlte ich ihn ordentlich und er schrie und stöhnte vor Lust. Dieser gutaussehende Junge war devot und ich nahm Besitz von ihm. Ich war außer mir und konnte mein Glück gar nicht fassen.

Etwas später stellte ich mich wieder vor ihn und sagte: „Und jetzt streichele meine Brüste und sauge mit dem Mund an den Brustwarzen." Was er augenblicklich tat. „Ist das gut so." Fragte er. „Ja, du kannst etwas stärker daran nuckeln. Leck dabei mit deiner Zunge an ihnen." Ich bemerkte, wie sehr er sich bemühte, meinen Anweisungen zu folgen. Es war zauberhaft und er lernte schnell. Ich geriet dabei in immer größere Erregung. Luca war so bemüht darum, alles richtig zu machen, dass seine Erektion etwas nachgelassen hatte. Das störte mich aber in diesem Moment nicht. Ich legte mich mit den Rücken auf den weichen Teppich: „Jetzt komm und streichele meine Schamlippen. Geh dann mit den Fingern durch die Scheide und wenn du den Kitzler gefunden hast, dann reibe daran." Auch das befolgte er gewissenhaft. Ich sah wie sein Glied wieder langsam zu voller Größe aufstieg und geriet in Ekstase. Kreiste mit meinem Becken und hob es an. Da er merkte, wie es mir gefiel, hielt er sich damit nicht mehr zurück und drückte leicht auf meinen Kitzler und rieb immer leidenschaftlicher daran. „Ja das ist gut so." Hauchte ich aufgeregt. Jetzt komm, leg dich auf mich. Als er auf mir lag, küssten wir uns. Ich nahm sein Glied in die Hand und bewegte erst einmal seine große Eichel zwischen meinen Schamlippen. „Und jetzt schiebe ihn vorsichtig rein." Sagte ich, während ich die Position seines Gliedes an meiner Öffnung fixierte. Ich spürte, wie sich tiefer und immer tiefer etwas Gewaltiges in mir ausbreitete. Ich hatte das Gefühl, als ob es meinen gesamten Körper ausfüllte. Fasst, stockte mir der Atem. Er stöhnte schon laut dabei. Als ich glaubte, dass er endlich ganz in mir war, sagte ich mit zitternder Stimme: „Und jetzt immer vorsichtig hoch und runter. So was hatte ich noch nie in mir.

Als er sich damit in mich bewegte und ich fühlte, dass er sich immer noch tiefer hinein bohrte, schrie ich vor Wollust. Es dauere nicht lange und er kam in mir. Dabei zuckte sein mächtiges Glied noch ein paarmal besonders kräftig. Das löste in mir eine Kettenreaktion aus. Das Zucken zog mit intensiven Glücksgefühlen durch meinen ganzen Körper. Gefühle die unaufhörlich anstiegen und zum Schluss einen schwindelerregenden, gewaltigen Orgasmus in mir auslösten. Beide zitterten und stöhnten wir dabei. Immer wieder stießen unsere Körper in ekstatischer Lust aneinander. Nach diesem überirdischen orgastischen Erlebnis waren wir völlig geschafft.

Danach sahen wir uns glücklich in die Augen und legten uns erschöpft aber zufrieden nebeneinander auf den Teppich. Nach einer Weile bemerkte ich, dass ich völlig verschwitzt war. Ich sah, dass auch Luca schweißüberströmt neben mir lag. „Komm, lass uns gemeinsam duschen." Sagte ich. Wir standen auf und begaben uns ins Bad. Hier ließ ich es mir nicht nehmen ihn am ganzen Körper abzuseifen. Als ich mit meinen glitschigen Händen an seinem Rücken herunter fuhr und endlich den knackigen Hintern erreichte, haute ich übermütig mit der Hand auf die strammen Pobacken. Er stöhnte und sagte flehend: „Hör auf, sonst werde ich gleich wieder geil." „Woher willst du denn wissen, dass mir das nicht gefallen würde?" Antwortete ich ihm und haute dabei noch zweimal kräftig auf seinen Hintern. Aber danach ließ ich erst einmal von meinen Züchtigungen ab und fuhr mit der Hand nach vorn. Sein Glied war selbst im schlaffen Zustand beeindruckend. Deshalb hielt ich mich beim einseifen lange daran auf. Ich fuhr mit der Hand fest an ihm hoch und runter, knetet es und führte dabei meine andere Hand immer gleichmäßig zwischen die Beine, an seinem Sack entlang. Schnell fing es wieder an, härter zu werden. Das war ein atemberaubendes Schauspiel, zu sehen wie sein riesiger Penis unaufhörlich immer größer und größer wurde. Luca atmete schon schwer. Da beendete ich mein Spiel.

Als wir aus der Dusche stiegen und nackt im Bad standen, beugte er sich über das Waschbecken und streckte seinen geilen Hintern nach vorn. „Bitte versohle ihn nochmal." Sagte er. Anscheinend war er unter der Dusche schon wieder auf den Geschmack gekommen. Woran ich ja nicht ganz unschuldig war. Ich ließ mir das nicht zweimal sagen. Ich fing an, ihn mit der flachen Hand zu versohlen. Er wackelte dabei freudig mit seinem straffen Po, der von meinen Schlägen langsam rot wurde. „Ja, härter, fester!" Rief er. Ich bemerkte sein steifes Glied, wie es mit jeder Bewegung seines Beckens, wie ein aufrechtes Pendel, hin und her schwankte. Jetzt nahm ich es zwischen seine Beine von hinten fest in die Hand, bog es etwas nach unten und fuhr daran wieder hoch und runter. „Oh, ist das geil. Schlage mich und melke meinen harten Prügel heftig dabei." Rief er wieder. Sein Glied hatte ich fest im Griff. Das heißt, ein Teil davon, denn meine Hand war zu klein, um ihn in seiner ganzen Größe zu erfassen.

Dabei melkte ich ihn kräftig, während ich ihm gleichzeitig den Hintern versohlte. Er röchelte dabei lustvoll. Plötzlich ruckte es so stark, dass ich es kaum festhalten konnte. Luca schrie: „Ich sterbe. Ich sterbe" Sein ganzer Körper bäumte sich auf und sein Samen kam dann aus ihm herausgeschossen. Das war ein überwältigendes Ereignis. Zwischen meinen Beinen wurde es erneut feucht. Fasst, wäre es mir ebenfalls gekommen.

Als er sich beruhigt hatte, stellte ich mich deshalb breitbeinig an das Waschbecken. „Komm jetzt zwischen meine Schenkel und lass diene Zunge spielen."

Er setzte sich rücklings auf den Boden und drückte sein Gesicht fest zwischen meine gespreizten Beine. Dann spürte ich seine Zunge, wie sie immer tiefer in mich eindrang und sich in mich bewegte. Das war der reinste Wahnsinn. Ich schrie ebenfalls. „Ja, ja drück dich noch fester rein." Er hielt sich an meinen Hüften fest, damit er sein Gesicht kraftvoll zwischen meine Beine drücken konnte. Und ich öffnete mich dabei, soweit es möglich war. Ich war nicht mehr zu bremsen und jammerte und krächzte. Dann kam es mir. Da geriet Luca in höchster Ekstase und er wurde dabei noch wilder und wollte nicht aufhören. Diese Aktion verschaffte mir einen Dauerorgasmus. Mein Körper zuckte unaufhörlich und die Beine versagten mir. Luca fing mich auf und legte mich auf das Sofa ins Wohnzimmer. Er setzte sich neben mich und streichelte meinen erregten Körper. Diese Streicheleinheiten und seine beruhigende Stimme, mit der er sprach, brachten mich nach einer Weile wieder zur Ruhe. Was war bloß passiert mit mir. Der Junge hatte in mir die Büchse der Pandora geöffnet, nur das daraus unendliche Lust herausströmte. Obwohl er devot war, fühlte ich mich ihm ausgeliefert. Das beunruhigte mich aber nicht. Im Gegenteil, ich war so glücklich wie nie zuvor in meinem Leben.

Es war früh am Abend. Ich erholte mich schnell und wir beschlossen, heute Nacht zusammen zu bleiben. Zweimal spürte ich weitere ekstatische Gefühle, wenn er mit seinem gewaltigen Glied in mir war. Dabei testeten wir alle möglichen Stellungen. Auch entdeckte ich an Luca noch andere Körperstellen, mit den ich ihn fasst zum Wahnsinn trieb. Immer erwartete er von mir genaue Anweisungen, die er dann befolgte.

Bei einer längeren Pause wurde ich neugierig: „Du hast gesagt, dass du Erfahrungen mit Jungen während deiner Pubertät hattest. Erzähle mir, welche das waren?" Ich hatte ja auch aufregende Erlebnisse mit Susi und war neugierig, wie sich Jungen untereinander vergnügen. Luca antwortete: „Das ist nicht wichtig." „Doch, wenn ich dich weiter unterrichten soll, dann muss ich alles von dir wissen, was du vorher für Erfahrungen hattest." Danach erzählte er mir: „Mein Vater hat mich nicht oft geschlagen. Aber wenn ich es doch mal zu bunt getrieben habe, dann hat er mich manchmal übers Knie gelegt und den Hintern versohlt. Bis ich 13 Jahren alt war und eine Erektion dabei bekam. Danach hat er mich in Ruhe gelassen." Sagte er lächelnd. „Aber ich habe gemerkt, dass es mich erregt. Deshalb habe ich meinen damaligen besten Freund gebeten mir manchmal den Hintern zu versohlen. Er sah, dass dabei mein Glied steif wurde und das fand er dann auch spannend. Als er später ebenfalls seinen ersten Orgasmus erlebte, bat er mich, nachdem er mich ordentlich versohlt hatte, sein Glied zu nehmen und ihn zum Dank für seine Schläge, einen runter zu holen. Das fand ich nur fair. Da ich ja nach der Züchtigung total erregt war, sah er voller Staunen mein steifes großes Glied, wie es dabei ebenfalls aufgeregt zuckte. Er hatte dann mit der Zeit voller Bewunderung große Freude daran zu spielen und mich auch zum Orgasmus zu bringen. Das taten wir immer, wenn er mir mal den Hintern versohlen sollte. Was zu dieser Zeit oft der Fall war. Zumal er es später liebte, mein Glied so tief er konnte in seinen Mund zu schieben. Damals war ich 14 Jahre alt und es war noch nicht so groß wie heute. Was er da tat, fand ich natürlich super geil. Er wurde richtig verrückt danach und konnte nicht genug bekommen daran zu lutschen.

Ich glaube die ständigen Erektionen, die er in diesen zwei Jahren immer und immer wieder an mir hervorrief, führten dazu, dass mein Glied, durch das ständige aufpumpen, so großen geworden ist. In diesem Alter ist es ja noch in der Wachstumsphase. Wahrscheinlich war das ein gutes Training für diesen enormen Größenzuwachs. Mit der Zeit entwickelte ich, zur Freude meines Freundes, ein großes Stehvermögen dabei. Aber dann erwischte uns seine Mutter, als er wieder mal voller Begeisterung an meinem Glied lutschte, und er durfte nicht mehr mit mir zusammen sein. Wir waren beide traurig darüber, aber er hatte zu große Angst vor seinen Eltern. Also trafen wir uns nicht mehr. Allerdings haben diese Verbote bei ihm nicht viel gebracht, denn heute hängt er ständig mit einem älteren Mann rum und ich glaube, die treiben noch ganz andere Spiele mit einander. Als ich ihn vor einigen Monaten wieder traf, schwärmte er von meinem großen Glied und erkundigte sich danach, ob der noch weiter gewachsen ist. Das konnte ich ihm bestätigen. Er fragte mich dann, ob ich mich mal zusammen mit seinem Freund treffen kann. „Da werden wir sicherlich viel Spaß haben. Er hat einen super geilen Hintern, den er ständig gestopft haben will." Sagte er. Den Mann kannte ich aber nicht. Deshalb lehnte ich dieses Angebot ab. Seit dem habe ich weder einen neuen Freund noch eine Freundin gehabt. Schloss Luca die Geschichte. Ich freute mich über seine Ehrlichkeit und erzählte ihm deshalb auch von Susi und mir. Luca fand das sehr interessant und war keinesfalls dagegen. Wir wurden ein Paar und verstanden uns, sexuell und menschlich, so gut zwei Menschen sich überhaupt verstehen können.

Devot war er nur beim Sex. Die Freundschaft zwischen Susi und mir blieb ungebrochen.

Bei ihr genoss ich die Zärtlichkeit, die sich nur Frauen gegenseitig geben können. Luca wusste davon und da Susi auch auf sein mächtiges Glied, von dem ich ihr voller Begeisterung erzählt hatte, neugierig war und seine devote Lust selbst mal erleben wollte, hatten wir zu dritt ab und zu unseren Spaß. Als Luca ein paar Mal zugesehen hatte wie Susi und ich sehr lustvoll zusammen waren, wollte auch er es wieder mal mit einem Jungen ausprobieren. Bei seinem Aussehen und der Figur fiel es ihm sicher nicht schwer, einen passenden Partner zu finden. Und siehe da, kurze Zeit später kam er mit Erik, dem Schwarm aller Mädchen und früheren Date von Susi, an. Erst war Susi darüber entsetzt. Als sie sich aber mit Erik ausgesprochen hatte und er ihr gestand: „Weißt du, ich habe damals im Kino auch die Jungs neben uns gesehen, wie sie gegenseitig ihre immer größer werdenden Beulen zwischen den Beinen streichelten und in diesem Moment hatte ich mir so sehr gewünscht, ich wäre einer von den beiden. Darüber war ich so erschrocken und wollte mir beweisen, dass ich nicht so bin. Deshalb habe ich dich danach so bedrängt. Das tut mir leid, Susi." Da begriff sie, dass er damals nur den Draufgänger gespielt hatte, um seine natürlichen Wünsche zu unterdrücken. Sie konnte ihn verstehen und sie kamen sich mit der Zeit menschlich sehr nah. Oft waren wir jetzt zu viert bei unseren Liebesspielen zu Gange. Erik liebte es, Luca ordentlich den Po zu versohlen um danach in ihm einzudringen. War aber mit der Zeit auch auf den Geschmack gekommen, das große Glied von ihm in sich aufzunehmen. Wenn Luca sein mächtiges Gerät vorsichtig in ihn rein schob, stöhnte und wimmerte er ununterbrochen vor Wollust. Das bringt ihn genauso um den Verstand wie mich, dachte ich.

Es war geil zwei so hübsche Jungen zu zusehen, wie sie sich lustvoll mit einander vergnügten. Und auch sie genossen es, das Liebesspiel zwischen Susi und mir, zu verfolgen. Gott sei Dank war Luca sehr potent, so dass auch ich nicht zu kurz kam. Erik und Susi wurden ebenfalls ein Paar. So hatten wir vier eine glückliche Zeit miteinander und genossen es in vollen Zügen.

***

Zeichenmappe „Der Liebesreigen"

-Miniaturauszug 4-

4. Beste Freunde

„Und jetzt meine Damen und Herren aufgepasst!" Der Mathematik Lehrer gab uns an der Tafel wieder einmal ein Beispiel aus der Wahrscheinlichkeitsrechnung. Das verstand sowieso keiner, aber es war sein Lieblingsthema und wir ließen es über uns ergehen.

Außerdem verstand ich den Sinn nicht. Warum sollte ich die Ereignisse im Voraus berechnen? Wo wäre da die Spannung, wenn ich sowie schon vorher weiß was passiert? Als ich in die Runde schaute, sah ich, dass sich alle mit irgendwas anderen beschäftigten und nicht zu hörten. Das interessiert aber Herrn Müller, unseren Mathelehrer, nicht. Plötzlich fühlte ich wieder die warme Hand von Peer auf meinen Schenkeln. Vorsichtig glitt damit immer höher.. Peer und ich waren die besten Freunde.

Er war erst vor einem Jahr in unsere Klasse gekommen und wir verstanden uns auf Anhieb. Es war ein hübscher und sehr freundlicher Junge und hatte bei meinen Mitschülerinnen viele Bewunderer. Allerdings war er etwas schüchtern, jedenfalls den Mädchen gegenüber. Auch einige Jungen suchten näheren Kontakt mit ihm. Oft wurde er angesprochen, ob er mit zum Baden oder in die Stadt kommen will. Immer drehte sich er sich dann zu mir und fragte mich: „Wollen wir mitgehen?" Wenn ich keine Lust dazu hatte, sagte er ab. Ich hatte dabei manchmal das Gefühl, er freute sich darüber und war gern mit mir allein. Das schmeichelte mir. Wir saßen zusammen in der Mittelreihe auf der letzten Bank. In dieser Reihe stand sie hinter allen anderen. So hatten wir immer den totalen Überblick über das Klassenzimmer. Das hatte für uns noch einen weiteren Vorteil. Keiner konnte sehen, was wir unter der Bank trieben.

Jetzt waren wir in der 10. Klasse. Oft streichelt Peer während des Unterrichts meine Schenkel, wie in diesem Moment.

Das hatte ich bisher nur einmal, als ich in der achten Klasse war, mit einem älteren Jungen erlebt, der meine Schule besuchte, aber zwei Jahre älter war. Wir trafen uns zufällig am See und waren alleine dort. Er streichelte mein steifes Glied, als ich so da lag. Ich konnte mich nicht rühren. Ich hatte einige Woche vorher meinen ersten Samenerguss im Schlaf bekommen. Jetzt wurde es dauernd steif, wie in diesem Moment als ich am See lag. Das sah auch der Junge und setzte sich zu mir. Es war völlig neu für mich und ich wurde sofort geil, als er mich anfasste und spritzte dann auch schnell ab. Er verabredete sich wieder mit mir. Ich kannte ihn vorher nur vom Sehen. Ich merkte bald, dass er ausschließlich daran interessiert war, mich und sich aufzugeilen. Das gefiel mir zwar, aber ein wirkliches Interesse hatte er an mir nicht. Immer trafen wir uns heimlich. Und in der Schule sollte keiner merken, dass wir uns kennen.

Mir wurde unbehaglich dabei. Deshalb schlug ich, nach einiger Zeit, seine dauernden Aufforderungen mich mit ihm am See zu treffen ab. Schließlich gab er auf, mich weiter zu bedrängen.

Mit Peer war das anders. Wir waren Freunde. Nach einer Weile fuhr Peer dann mit seiner Hand langsam immer weiter nach oben, bis in meinen Schritt. Er wollte feststellen, ob ich schon eine Erektion bekommen hatte. Natürlich hatte ich die. Als er oben angelangt war und meine große Beule sanft streichelte, musste ich ein hörbares Stöhnen unterdrücken. Heute hatte ich eine weite Hose an und mein Glied konnte sich allmählich darin Platz verschaffen. So lag es bald in seiner vollen Größe da. Das brachte meinen Freund dazu nicht mehr von ihm abzulassen. Erregt bäumte sich mein harter Knüppel jetzt ständig auf. Da er immer weiter an ihm mit seiner Hand hoch und runter fuhr, wurde es mir zu viel, denn ich hatte Angst einen feuchten, sichtbaren Fleck in meine Hose zu bekommen. Das wäre peinlich geworden. Obwohl mich Peer schon sehr erregt hatte und ich kurz davor stand, mich meinem Schicksal zu ergeben, riss ich mich in letzter Minute zusammen, nahm seine Hand und schob sie fort. Da er aber bemerkte, wie spitz ich geworden war, wollte er nicht damit aufhören. Um ihn abzulenken führte ich jetzt schnell meine Hand an seinen Schenkel entlang, bis ganz nach oben und graulte an der schon erheblich großen Erhebung in seiner Hose. Dabei hielt ich die Hand von ihm weiter von mir fern. Er bekam ebenfalls eine Erektion und hatte ein großes Glied. Das fing an zu zucken und zuspringen, während ich es durch seine Hose sanft streichelte. Peers Gesicht bekam immer eine zauberhafte Ausstrahlung, wenn er geil wurde. Das war jedes Mal ein erregendes Erlebnis für mich und für ihn ja ebenfalls. Er ließ von mir ab und ergab sich seinem Schicksal. Obwohl er die Hand nicht mehr in meinem Schritt hatte, war ich doch schon so erregt, dass mein Glied weiter zuckte, wenn ich spürte, wie es sich bei ihm immer kräftiger bewegte. Eigentlich wollte auch ich dann nicht damit aufhören. Da ich aber befürchten musste, dass er bald abspritzt, hörte ich dann doch damit auf. Peer aber flüsterte: „Weiter." „Aber wenn du kommst, dann wird deine Hose nass." Antwortete ich. „Das passiert nicht." Sagte er. Da es mir gefiel ihn so erregt zu erleben, legte ich meine Hand wieder an sein Glied und strich gleichmäßig damit hoch und runter. Ich sah in sein Gesicht und bemerkte, wie er die Augen verdrehte. Sein Glied bäumte sich hoch auf und ich spürte plötzlich ein gewaltiges Zucken.

Er saß ganz steif da und biss die Zähne zusammen. Es kam ihm. Auch ich war kurz davor, aber es gelang mir, es gerade noch zurückzuhalten. Plötzlich war es vorbei und er sah mich mit strahlenden Augen an. „Das war Wahnsinn." Sagte er. „Das musst du auch erleben. In der nächsten Stunde bist dran." Dann erzählte er mir: „Ich habe mir vorher ein Kondom auf den Penis gezogen. Damit die Hose nicht nass wird."

In der nächsten Pause lief ich auf die Toilette und zog mir ebenfalls ein Kondom über, welches er mir gegeben hatte. Gleich nachdem der Unterricht begann, fühlte ich seine Hand, wie sie sanft zwischen meinen Beinen auf und ab fuhr. Die Aktion in der letzten Stunde mit ihm hatte mich schon erregt und ich bekam sofort eine Erektion. Jetzt ließ Peer ihn nicht mehr los. Unentwegt fuhr er mit seinen Fingern an meinem Glied entlang. Ich wurde total geil und musste mich zusammen reißen, damit es niemand merkt. Diese Erregung war mit der Zeit kaum noch auszuhalten. „Nimm die ganze Hand und fahr schneller daran entlang" flüsterte ich ihm zu. Er genoss meine Geilheit, genauso wie ich die seine und wollte sie so lange wie möglich erhalten. Deshalb fragte er: „Warum, gefällt dir das so nicht?" „Natürlich gefällt es mir aber ich halt das nicht mehr aus, ohne ein Laut von mir zu geben. Bitte tue es schneller. Ich will endlich abspritzen." Peer erhörte mein Flehen und führte jetzt seine Hand unaufhörlich an mein schon heftig zuckendes Glied entlang. Mein ganzer Körper fing von innen an zu beben. Dadurch, dass ich die stetig steigende Erregung unterdrücken musste, glaubte ich, bald die Besinnung zu verlieren. Ich sah alle nur noch verschwommen und es drehte sich in meinem Kopf. Endlich kam es gewaltig aus mir raus. Das Zusammenbeißen der Zähne half da nicht. Ich stöhnte laut. Allerdings konnte ich es, in ein lautes Niesen umwandeln. „Entschuldigung." Sagte ich dem Lehrer, der zu mir sah. In der Pause entsorgte ich dann das Kondom. Einen Fleck hatte ich nicht.

Peer war begeistert und mir hatte es auch wahnsinnig gefallen. Trotzdem bat ich ihn, das im Unterricht nicht mehr zu tun. Ich hatte Angst, dass es die anderen in unserer Klasse mit der Zeit merken könnten. Noch schlimmer die Lehrer, die es sicherlich den Eltern erzählen würden. Das sah Peer dann ein. So blieb es bei den ständigen Streicheleinheiten unter der Bank, ohne das es uns kam und das war auch sehr aufregend.

Kurze Zeit später fragte er mich: „Meine Eltern fahren für zwei Tage zu meiner Tante. Wäre es nicht toll, wenn du in dieser Zeit bei mir übernachtest?" Erst war ich überrascht, denn bisher waren wir nicht oft in der Wohnung des anderen. Höchsten Mal kurz, wenn einer von uns den andren von zuhause abholte. Aber als ich in seine leuchtenden Augen sah, wusste ich, worauf er hinaus wollte. Bei diesem Gedanken fing es an, in meinem Bauch mächtig zu kribbeln „Ich werde mit meinen Eltern reden. Aber ich glaube, die haben nichts dagegen." Antwortete ich. Peer strahlte mich an. „Das wird bestimmt geil. Stell dir vor, wir beide zwei Tage ganz allein." Wieder hatte ich so ein Baugefühl und freute mich ebenfalls schon darauf. Am Freitag nach der Schule liefen wir dann zusammen zu Peer. Seine Eltern waren noch nicht abgereist, aber wollten gleich losfahren. Schnell zeigte uns seine Mutter, wo das Essen stand, welches sie für uns vorbereitet hatte. „So zu essen habt ihr. Also macht euch ein schönes Wochenende. Und keine Mädchen über Nacht bitte." Sagte sie und lachte dabei.

Als sie fort waren, holte Peer erst einmal das Bier, das er versteckt hatte vor. Wir fläzten uns aufs Sofa und tranken unser Bier wie die Großen.

Beide hatten wir noch nie ein Mädchen geküsst. Wir wussten nicht, wie man richtig küsst. Als wir uns darüber unterhielten, sagte Peer: „Lass es uns doch mal versuchen. Vielleich finden wir es allein heraus." Das mit dem Küssen war mir auch wichtig. Ich hatte ja schon ein paarmal die Gelegenheit bei einem Mädchen. Habe aber immer wieder einen Rückzieher gemacht, weil ich nicht zugeben wollte, dass ich noch keine Erfahrung darin hatte. „Ja, das werden wir doch hinkriegen" antworte ich deshalb. Und so pressten wir unsere Lippen zusammen und schoben die Zunge nach vorn. Nach dem ersten missglückten Versuch gelang es uns dann beim zweiten Mal schon besser. Danach übten wir weiter und es gefiel uns mit der Zeit außerordentlich gut. Peer schob dabei seine Hand zwischen meine Beine und ich folgte seinem Beispiel. Schnell geilten wir uns damit auf. „Wir sind hier ganz allein. Hier stört und keiner. Wir sollten uns ausziehen, sonst bekommen wir noch Flecken in die Hose." Sagte Peer. Das war logisch, also stimmte ich zu.

Wir zogen unsere Sachen aus und standen uns nackt gegenüber. Beide hatten wir eine Erektion. Der Penis von Peer war größer als meiner. Ich nahm ihn voller Bewunderung in die Hand: „Der ist ja mächtig. So einen will ich auch haben."

Und er antwortete: „Das bekommst du sicherlich noch. Ich habe gehört, der kann bis zu deinem 25. Lebensjahr wachsen. Also hast du noch neun Jahre Zeit dafür." Da ich sein steifes Glied bei unserer Unterhaltung weiter in der Hand hielt, fing es schon wieder an, sich zu bewegen. Deshalb fuhr ich mit meiner Hand an ihm entlang. „Warte." Rief Peer. „Lass uns zusammen zum Orgasmus kommen, während wir uns küssen. Das ist bestimmt schöner." Er kam zu mir und presste seinen Körper an den meinen. Dann küssten wir uns. Ich fühlte das große Glied von ihm an meinem Bauch. Wie von selbst fingen wir an, unsere Körper und vor allem die erregten Glieder aneinander zu reiben. Wir wurden immer heftiger und schneller. Dabei küssten wir uns. Peer fing an zu zitterte und rief: „Ich komme gleich." Seinen Körper eng umschlungen an den meinen, in dieser bebenden Erregung zu spüren, führte mich ebenfalls zu einem Höhepunkt und der Samen kam, fasst zur gleichen Zeit, unter lautem lustvollen Stöhnen aus uns herausgeschossen. Wir waren total überwältigt von diesen Gefühlen.

Als wir unsere Körper voneinander trennten, waren beide Bäuche nass von dem starken Samenerguss, der uns erfasst hatte. Deshalb liefen mir ins Bad unter die Dusche und seiften uns gegenseitig ab. Beide waren wir in der Fußballmannschaft sehr aktiv und hatten eine sportliche Figur. Als ich an seinem straffen, kleinen Po angelangt fuhr, sagte er: „ Ja das gefällt mir. Geh mal durch meine Furche." Dieser Aufforderung folgte ich gern, denn ich fühlte, wie es ihn erregte. Deshalb hielt ich mich eine Weile dort auf und führe meine Hand immer durch seine Pobacken. Peer bückte sich, damit ich tiefer hinein gelangten konnte. Wenn ich mit den Fingern über sein Loch fuhr, flüsterte er: „Oh das ist geil." Das erweckte die Neugier in mir. „Komm, jetzt bin ich dran." Sagte ich zu ihm und er ließ sich nicht lange bitten. Sofort führte er seine Hand ebenfalls durch meine Spalte. „Bück dich." Forderte er mich auf. Dieser Aufforderung folgte ich augenblicklich. So glitt er mit der Seife in seiner Hand immer in ihr entlang. Es erregt mich und ich bückte mich tiefer, so dass Peer noch besser an mein Loch kommen konnte. Mit seinem Zeigefinger kitzelte er es jetzt und ich wimmerte vor Lust. „Oh, auf diese Art und Weise kannst du mich stundenlang verwöhnen." Rief ich. Er hörte aber bald auf und sagte: „Komm lass uns ins Zimmer gehen. Wir ölen uns dort gegenseitig ein und erforschen dabei alle Stellen unseres Körpers. Das hörte sich vielversprechend an und ich lief mit ihm in das andere Zimmer.

Er holte aus dem Schrank eine große Flasche mit Körper Öl. In mir kam der Verdacht auf, dass er das alles schon vorher vorbereitet hatte und ich freute mich darüber. Er nahm das Öl und wir rieben uns gegenseitig ein. Erst fing er bei mir damit an. „Du hast schöne zarte Haut" sagte er, während er mit seiner öligen Hand gefühlvoll über sie glitt.

Wie zu erwarten war, nahm er sich mein Glied beim Einölen besonders lange vor, so dass es schon wieder steif wurde. Aber diesmal hörte er plötzlich auf, was mich verwunderte. „Warum hörst du damit auf?" Fragte ich ihn. „Wir haben Zeit und können ausprobieren, was uns sonst noch alles gefällt." „Okay." Antwortete ich ihm, hatte aber wieder das Gefühl, als ob er ein bestimmtes Ziel damit verfolgte. Als er an meiner Vorderseite fertig war und das reichlich aufgetragene Öl auf der Haut glänzte, bat er mich: „Öle du jetzt erst einmal meinen Rücken und den Hintern ein." Voller Freude kam ich diesem Wunsch nach und gelangte schnell an seinen herrlichen Hintern. Er bückte sich sofort und spreizte dabei die Beine, damit sich die Pobacken weit öffneten. Dabei sah ich seine rosa leuchtende Knospe. Das erregte mich und ich folgte dieser Einladung. Fuhr mit der Hand durch seine Furche und kitzelte sein Loch, so wie er es bei mir vorher getan hatte. Er stöhnte und beteuerte immer wieder wie geil es sei. „Stecke mir vorsichtig mal einen Finger rein." Bat er.

Auch dem folgte ich gern, denn als ich an seinem Loch heftig rieb, schwirrte mir diese Idee auch schon durch den Kopf. Also steckte ich ihm jetzt vorsichtig meinen Zeigefinger rein und wackelte damit, als ich drin war. Er wimmerte und stöhnte. „Ja, geh ein Stück raus und dann wieder rein." Als ich das tat, bemerkte ich, wie es in ihm allmählich wärmer wurde. „Nimm mal zwei Finger." Bat er mich kurze Zeit später. Jetzt nahm ich den Zeige- und Mittelfinger und er stöhnte lauter, als ich, damit langsam in ihn rein fuhr. Das heißt, mit beiden Fingern immer ein Stück raus und wieder rein. Peer geriet in Ekstase. Er bewegte seinen geilen kleinen Hintern vor und zurück und rief: „Ja, ja, weiter." Sein Loch wurde dabei warm und feucht. „Tiefer jetzt" rief er. „Meine Finger sind ja schon ganz drin. Ich komme damit nicht tiefer rein." Sagte ich zu ihm. „Dann nimm dein Glied und steck es rein." Forderte er mich erregt auf. Ich hatte ja schon die ganze Zeit einen Ständer. Also drückte ich ihn vorsichtig in sein Loch. Das laute Wimmern und Stöhnen von ihm verriet mir, dass es ihn sehr gefiel. Ich fühlte, wie mein Glied langsam in ihn hineinglitt und es wollte kein Ende nehmen, bis es vollständig drin war. Es war angenehm warm und weich da darin. „Jetzt bewege dich. Reite mich mit deinem harten Glied." Ich sah zu, wie er dabei selbst seinen geilen Hintern immer vor und zurückbewegte und vor Erregung laut stöhnte. Er geriet außer sich und bewegte ihn immer schneller. So geil hatte ich ihn noch nie erlebt. Gerne wäre ich in aller Ewigkeit dort drin geblieben aber bald drückte sich in mir ein Orgasmus nach oben und ich ritt ihn jetzt in wilder Verzweiflung, um endlich Erlösung zu finden. Es kam mir und als Peer spürte, wie mein Samen in ihn hinein spritzte, erregte es ihn ebenfalls.

Danach wurde mein Glied leider wieder schlaf, gerne hätte ich es weiter so mit ihm getrieben. „Oh das war so geil. Das müssen wir so oft wie möglich wiederholen." Rief er voller Begeisterung. „Jetzt aber sollst auch du, dieses unbeschreibliche Gefühle spüren, komm bück dich." Ich beugte mich nach vorn und hielt mich am Tisch fest.

Er rieb meinen Hintern und mein Loch lange mit reichlich Öl ein. Als er mich dabei immer heftiger massierte, wurde auch ich richtig geil und ich öffnete meinen Hintern, soweit ich es vermochte. Dann kam er mit seinem Glied, um es in mich einzuführen. Es war aber so groß, dass ich mich verkrampfte und es wehtat. Er zog es wieder raus aus mir. „Entspanne dich bitte, du wirst sehen, es klappt und dann ist es unbeschreiblich schön. Glaube mir." Beim zweiten Versuch war ich entspannter. Wohl auch weil er mir ständig zuflüsterte: „Bleib ganz entspannt. Es ist so wunderbar, wie du dich öffnest. Oh mein Gott, dein Hintern ist so geil. Ja drück mein Glied in dich rein." Und bevor ich mich versah, war er in mir. Erst war es ungewohnt für mich, dort drin etwa Fremdes zu haben. Als er dann aber immer langsam in mir rein und raus glitt, erregte es mich mehr und mehr. Zum Schluss geriet auch ich außer mir und bewegte rhythmisch mein Hinterteil. Tiefer, tiefer rief ich dann. Bis er mit seinem großen Glied vollkommen in mir war. Dann ritt er mich heftig und ich brüllte vor Lust. Oh, wie schön die Liebe doch sein kann, dachte ich. Ich konnte es noch gar nicht richtig glauben. So was Aufregendes hatte ich mir noch nicht einmal im Traum vorgestellt. Aber ich fühlte es ja, und zersprang fasst vor Glück. Ja, so was Tolles gab es wirklich und ich erlebte es in diesem Augenblick. Aber bald kam er ihm und ich spürte, wie sein Glied sich mehrfach heftig in mich aufbäumte. Danach wurde es schnell schlaff und es glitt aus mir heraus. Ich war ein wenig enttäuscht darüber. Aber dann dachte ich, wir sind ja noch zwei Tage zusammen, da haben wir die Gelegenheit, das zu wiederholen.

Jetzt liefen wir uns in die Küche, denn wir waren hungrig geworden. Seine Mutter hatte Pizza für uns gekauft. Die schoben wir in den Herd und backten sie auf. Während der Wartezeit tranken wir das zweite Bier und küssten uns ab und zu. Dann war die Pizza fertig und wir stürzten uns hungrig auf sie. Gottseidank war es ein XXL Format und wir wurden beide satt. Nachdem wir uns gesättigt hatten und zufrieden beieinander saßen, liefen wir wieder unter die Dusche, denn wir waren immer noch verschwitzt von den ekstatischen Vereinigungen, die hinter uns lagen. Als wir uns ordentlich gesäubert hatten, sagte Peer voller Tatendrang: „Und jetzt starten wir in die nächste Runde." „Ich weiß nicht, ob er schon wieder steif wird. Vielleicht ist es besser, wir legen eine größere Pause ein." Sagte ich etwas unsicher. Aber er antwortete: „Warte mal, ich habe da eine Idee." Er hockte sich vor mich und ich bemerkte, wie er mein Glied in den Mund nahm. Dann kitzelte er die Eichel mit seiner Zunge immer stärker. Ich geriet wieder in Erregung und bekam erneut eine Erektion. Was er da gerade an mir vollzog, war so herrlich. Gerne hätte ich gewollt, dass er es weiter macht, bis es aus mir herausspritzt. Aber Peer wollte ja ebenfalls auf seine Kosten kommen. Und na ja, in seinem Loch war mindestens genau so schön wie seinem Mund, dachte ich. Er hatte sich schon weit geöffnet und hielt mir seinen willigen Hintern entgegen. Also drückte ich voller Freude mein hartes Glied in ihn rein. Diesmal hatte ich mehr Ausdauer. Schließlich war es ja innerhalb von zwei Stunden das dritte Mal. Peer freute sich über diesen dauerhaften Ritt. Auch er lernte schnell und die Bewegungen mit seinem Hinterteil wurden immer aufreizender. Schließlich kam es mir dann. Noch nie hatte ich drei Höhepunkte an einem Tag erlebt, geschweige innerhalb von zwei Stunden. Aber auch das sollte an diesem Tag nicht zum letzten Mal passieren, was ich aber noch nicht ahnte.

Ich fühlte mich fantastisch. Sofort sagte Peer: „Komm jetzt nimm du mein Glied in den Mund." Es war noch schlaf und es war mir möglich, ihn ganz in meinen Mund aufnehmen. Schnell wurde es darin größer, so dass ich ihn in die Hand nehmen musste und ihn nur noch halb reinschieben konnte. Dabei leckte ich ebenfalls mit meiner Zunge an seine Eichel. Und da er ständig rief, wie herrlich das ist, bewegte ich sie immer schneller und kräftiger an ihr. Wie aufregend das war, ihn dabei laut vor Geilheit stöhnen zu hören. Da sein Glied größer war als meins und ich mit Bedauern bemerkte, dass mein Loch vom letzten Mal doch etwas schmerzte, wollte ich ihn nicht unbedingt schon wieder in mich spüren. Deshalb leckte ich einfach weiter, so dass er keinen klaren Gedanken mehr fassen konnte, sondern nur laut stöhnte. Er war mir ausgeliefert und ließ alles willenlos über sich ergehen, bis ihm ein erneuter Orgasmus erfasste. Nachdem er sich beruhigt hatte, rief er voller Begeisterung: „Was war das! Das musst du unbedingt öfter machen." Ich schmunzelte. „Was das auch?" Fragte ich scherzhaft.

Peer war völlig überdreht vor Begeisterung. Diese und ähnliche Spiele haben wir in den nächsten zwei Tage und Nächte mit viel Freude und Fantasie weiter gespielt. Danach waren wir völlig erledigt. Es war gut, dass seine Eltern nach zwei Tagen zurückkamen, denn ich glaubte, wir hätten damit nicht mehr so schnell von alleine aufhören können. Nach diesem Wochenende nutzen wir jede Gelegenheit, um uns lustvoll miteinander zu vergnügen. Wir gründeten als Alibi eine Lerngemeinschaft zu zweit. So dachten sich unsere Eltern nichts dabei, wenn sie uns nach der Schule oft im Zimmer antrafen.

Ein paar Monate später lernte ich Anna kennen und entdeckte dabei wie aufregend es mit einem Mädchen sein kann. Sie hatte sich während des Schulsportfestes an mich rann gemacht. Peer war krank und war deshalb nicht da. So stand ich manchmal allein auf dem Platz.
Diese Gelegenheit nutzte sie und sprach mich an. Sie fragte mich: „Hast du Lust danach noch mit mir und den anderen ein Eis essen zu gehen?" Anna war sehr hübsch und ich hatte bemerkt, dass sie Peer oft anhimmelte. Sicherlich will sie sich an mich ranmachen, um mich nach ihm auszufragen, dachte ich. Aber da ich zurzeit nichts Besseres vorhatte, sagte ich zu. Als wir in der Eisdiele zusammen saßen, fragte sie mich, ob ich Lust hätte, mit ihr morgen ins Kino zu gehen. Ich sah sie etwas ungläubig an. „Du himmelst doch dauernd Peer an, warum willst du mit mir ins Kino?" Fragte ich. „Ich himmele doch nicht Peer an. Ich schaue ständig zu dir. Aber ihr seid ja immer zusammen, da sehe ich ihn zwangsläufig mit an." Antwortete sie mir. „Dann habe ich es falsch verstanden. Wenn mir das vorher aufgefallen wäre, dass du mich meinst, dann hätte ich dich schon längst angesprochen." Anna strahlte mich an und sagte: „Na ja, jetzt ist es ja geklärt." Und gab mir ein Küsschen auf den Mund. „Das gefällt mir." Flüsterte ich und sie kam mit ihrem hübschen Gesicht zu mir und wir küssten uns richtig. Nur gut, dass ich es mit Peer oft genug geübt hatte, dachte ich. Jetzt konnte ich damit angeben. Als ihre Freundinnen sahen, dass wir uns küssten, riefen sie: „Na endlich!" Anscheinend hatte Anna ihnen schon von ihrem Interesse an mich erzählt.

Bald darauf verabschiedeten wir uns von ihren Freundinnen. Wir hatten den Wunsch ein bisschen alleine sein. Also liefen in den nahegelegenen Park.

Dort fanden wir einen geschützten Platz, nahmen uns in die Arme und küssten uns eng umschlungen. Das erregte mich und mein Glied wurde steif. Eva sah es und sagte: „Es scheint ja ganz schön groß zu sein." Ich konnte mich gerade noch zurückhalten, denn mir lag es auf der Zunge, zu sagen, dass der von Peer viel größer ist. Ich küsste sie weiter und streichelte dabei ihre Brüste.

Sie knöpfte ihre Bluse etwas auf und zeigte mir damit, dass ich hinein kann. Einen BH hatte sie nicht um und so fühlte ich die nackte Haut und ihre Nippel, die schon steif waren. Da ich bemerkte wie es sie erregte, wenn ich mit der Hand über ihre Brustwarzen strich, rieb ich dann zärtlich daran. Sie stöhnte und griff mit ihrer Hand durch die Hose an mein Glied. Desto stärker ich jetzt an ihre Nippeln rieb, umso heftiger fuhr sie mit ihre Hand am Glied entlang. Wir küssten uns dabei und stöhnten leise, damit uns keiner hört. In mir bahnte sich langsam ein Orgasmus an, was ich an meiner ständig steigenden Erregung fühlte, während Anna unaufhörlich ihre Hand an meinem Glied hoch und runter bewegte. Ich musste befürchten, dass es bei mir bald feucht wurde. Deshalb holte ich ihn raus. Erst erschrak sie etwas, aber ich sagte: „Komm, mache weiter." Während ich an ihren Nippeln kräftig rieb, streichelte sie mein Glied. Geh auch du nach unten, flüsterte sie erregt. Das ließ ich mir nicht zweimal sagen. Mit meiner Hand fuhr ich unter ihren Rock und in ihr Höschen. Ihre Schamlippen waren herrlich weich und als ich mit den Fingern dazwischen glitt, wurde es warm und feucht. Sie stöhnte etwas lauter und ich hatte Angst, dass man uns entdeckt. Aber dann nahm sie mein Glied fest in die Hand und fuhr fort, immer heftiger wurde sie dabei. In mir stieg eine unbändige Geilheit auf. Ich steckte vor laute Erregung einen Finger in ihr Loch. Immer rein und raus, in dem gleichen Takt, wie sie hoch und runter an meinem Glied fuhr. Es dauerte nicht mehr lange und ich spürte, wie ein gewaltiger Orgasmus mir die Sinne raubte. Ich kam und brüllte laut. Das ließ sich nicht vermeiden. Schnell nahm ich meinen Finger wieder aus ihr raus und steckte das immer noch harte Glied in die Hose. Ich hatte Angst, dass Passanten kommen, um zu sehen was passiert ist. Eva lag mit feuchten Augen im Gras und ich beugte mich über sie. Wir küssten uns wieder. „Das war so schön." Sagte ich zu ihr. „Ja, für mich auch." Antwortete sie und sprach weiter: „Beim nächsten Mal treffen wir uns an einen Ort, wo uns keiner stört." Ich freute mich, dass sie an ein nächstes Mal dachte, und sagte schnell. „Wir können uns bei mir treffen. Meine Eltern kommen immer erst um fünf Uhr nachhause." Mit Peer traf ich mich nach der Schule auch des Öfteren bei mir. „Dann gehen wir morgen zu dir. Du hast mich so erregt. Ich freue mich schon darauf." Sagte sie.

Am darauffolgenden Tag, Peer war immer noch krank, lief ich nach der Schule gleich mit Anna zu mir. Kaum waren wir in meinem Zimmer, küssten wir uns heftig und zogen uns dann gegenseitig aus. Mein Liebespfeil stand schon in seiner ganzen Pracht vor ihr und Anna bestaunte ihn. Als sie dann mit der Hand danach griff, wehrte ich sie ab und küsste sie. Ich wollte vermeiden, dass ich schon wieder so schnell abspritzte. Erst hatte ich vor, sie ausgiebig zu erforschen. „Komm, leg dich hin." Sagte ich und sie legte sich auf den Rücken.

Jetzt küsste ich sie und legte mich mit meinen Körper auf sie drauf. Dann rutschte ich nach unten, bis ich an ihren Brüsten angelangt war. Ihre Brustwarzen waren wieder hart. Ich nuckelte mit den Lippen daran und Anna stöhnte schon laut. Kurze Zeit später schob ich mein Körper weiter nach unten und küsste sie dabei auf ihrem Buch. Rutschte dann noch tiefer, bis ich mit meinem Kopf zwischen ihren Beinen lag. Ich bestaunte voller Neugier ihre Schamlippen, die sich schon etwas geöffnet hatten. Mit den Finger fuhr ich zwischen ihnen hoch und runter. Da sah ich, wie ihr Kitzler hervorkam und immer größer wurde. An den rubbelte ich dann. Anna stöhnte und hob ihr Becken etwas an. Das war aufregend. Ich rieb immer schneller daran, was dazu führte, dass sie ununterbrochen stöhnte. „Du kannst ihn reinstecken, wenn du willst. Ich kroch mit meinem Körper wieder an ihr hoch und steckte mein Glied in sie rein. Sofort hob sie ihr Becken und bewegte sich dabei. Ich versuchte, ihr zu folgen. Das waren Bewegungen, die ich von Peer gut kannte. Nur eben von der anderen Seite. Plötzlich zitterte sie am ganzen Körper und ich erreichte ebenfalls bald meinen Höhepunkt. Beide stöhnten wir gemeinsam so laut, als ob einer den anderen dabei übertönen wollte. Als es mir kam, bewegte ich mich wie verrückt in ihr und wollte damit meinen Orgasmus verlängern. Ihre Hüfte hatte sie, so hoch es ihr möglich war geschwungen. Schließlich aber brach sie zusammen und lag erschöpft unter mir. Sie öffnete ihre Augen: „ So was habe ich noch nie erlebt. Ich liebe dich." Sagte sie und streichelte mich dabei zärtlich. Auch ich war wie verzaubert: „Ich liebe dich auch." Antwortete ich. Nachdem wir etwas zur Ruhe gekommen waren, begaben wir uns unter die Dusche und seiften uns gegenseitig ab. Dabei konnten wir unsere Körper weiter erforschen. Als sie meinen Po erreicht hatte und durch die Furche über mein Loch fuhr, öffnete ich sie und stöhnte leise, so wie ich es bei meinem

Freund gewohnt war. „Gefällt das einen Jungen auch, wenn man sein Loch streichelt?" Fragte sie. „Warum denn nicht." Antwortete ich. „Gut, dann werde ich das beim nächsten Mal gerne tun, denn ich fand deinen Hintern schon immer geil. Das würde mir bestimmt gefallen." „Mir auch." Sagte ich freudig.

Am nächsten Tag in der Schule hatte sie wohl ihren Freundinnen von unserem Date erzählt. Zuerst fand ich das nicht besonders gut, dass sie es gleich rumerzählen musste, aber plötzlich sahen mich die Meisten voller Bewunderung an. Ich war an diesem Tag der Star der Klasse. Einige Jungen suchten daraufhin das Gespräch mit mir und wollten wissen, wie es war und was ich alles gemacht hatte. Aber das war nicht meine Art darüber zu sprechen. Anna und ich waren damit offiziell ein Paar. Wir liefen jeden Tag nach der Schule zu mir und ließen unserer Fantasie freien Lauf. Probierten alle Stellungen aus, von dem wir wussten und schafften es dann, meistens zweimal am Nachmittag zu einem Höhepunkt zu kommen, bis meine Eltern nachhause kamen. Die bemerkte zwar etwas, fragten mich aber nicht aus. Ich registrierte nur, dass mein Vater ziemlich stolz auf mich war, weil ich eine so hübsche Freundin hatte. Ob er auch stolz gewesen wäre, wenn er gewusst hätte was ich schon lange mit Peer in meinem Zimmer trieb, dachte ich und musste dabei lächeln.

Einmal brachte Anna einen Dildo mit. Sie zeigte ihn mir und sagte: „Den habe ich noch aus der Zeit, bevor wir zusammen waren. Aber auch da hatte ich immer schon an dich gedacht, wenn ich ihn benutzt habe." Ich wurde neugierig. „Zeig mal, wie du dich damit befriedigst." Bat ich sie. Sie führte ihn langsam in ihr Loch, während er vibrierte. Immer ein Stück raus und dann wieder rein. Ich sah an ihrem Gesicht, dass es sie erregte. „Mach weiter." Sagte ich und fing dabei an, an ihren Nippeln zu rubbeln. Sie wurde schneller mit ihrem Dildo. Er hatte mehrere Vibrationsstufen, denn ich hörte, wie er immer lauter wurde. Ich nahm ihre Brüste und legte mein Glied dazwischen. Dann drückte ich sie zusammen, spielte weiter an ihren Brustwarzen, während ich mein Glied dabei in der sich gebildeten Spalte bewegte. In dieser Zeit schob sie ihren Dildo immer weiter in sich rein und raus. Sie legte ihren Kopf in den Nacken und stöhnte laut. Manchmal drehte ich meinen Kopf nach hinten, um zu sehen, wie sie das vibrierende Teil in sich benutzte. Diese aufregenden Beobachtungen lenkten mich etwas von meiner eigenen aufsteigenden Geilheit ab. Dann kam es ihr wieder und sie wurde im Schritt völlig nass. Ich hörte auf, zwischen ihren Brüsten mit meinem Glied zu rutschen. Sie schob denn Dildo aus sich heraus und reichte ihn mir. „Willst du es auch mal probieren? Fragte sie. Ich stellte mich hin und bückte mich. Dann schob ich ihn vorsichtig in mich rein. Das empfand ich als nicht besonders schön. Als Anna das an meinem Gesichtsausdruck wahrnahm, sagte sie: „Du musst die Vibration anschalten." Was ich dann tat. Aber so ein fremder Apparat in mir war nicht mein Ding. Da war der Prügel von Peer was anderes, denn da hing ein ganzer Kerl dran, dessen Erregung ich dabei spürte und das erregte mich dann total. Also schob ich den Dildo wieder aus mir raus und gab ihn ihr zurück. „Nein, das törnt mich nicht an. Aber wenn du es bei dir machst, dann werde ich auch wild beim Zusehen." Sagte ich. Nach einer Stunde war sie bereit, es mir noch einmal vorzuführen. Jetzt beobachtete ich sie dabei genauer. Stellte mich breitbeinig mit den Rücken über sie und führte die Hand an meinem Glied entlang, während ich ihrer steigenden Erregung zusah.

Diese Stellung kannte ich schon von meinem Freund Peer. Der mich ab und zu mal bat, dass ich mir einen runterhole, während er breitbeinig über mir stand und selbst dabei kräftig an seinem Glied zugange war. Wir beobachteten uns gegenseitig. Ich sah von unten auf seinen straffen Hintern und auf die Hoden, wie sie hin und her schaukelten. Er beobachtete mein Glied, wie es zuckte und zum Schluss der Samen aus ihm raus schoss. Das war für uns immer erregend und spannend. Aber oft hielt ich es dann doch nicht bis zum Schluss aus. Sein geiler Hintern machte mich so verrückt, dass ich dann mittendrin aufstand und ihn von hinten nahm, um zu einem glücklichen Ende zu kommen. Was Peer jedes Mal mit Grunzen und Stöhnen freudig über sich ergehen ließ.

Anna hatte den Dildo schon auf volle Vibrationsstufe gestellt und führte ihn heftig bis zum Anschlag in sich rein und raus. Dabei stöhnte sie laut. Das erregte mich ebenfalls und ich fuhr immer heftiger und schneller an meiner Lustspritze entlang. Dann kam ich und spritze den Liebessaft auf ihren darunter liegenden, vor Ekstase zitternden Körper. Dabei schwang ich mein Glied immer hin und her, damit sie meinen Samen überall spürte. Sie rief: „Ja, Ja. Das ist herrlich." Und dann kam es ihr auch. Als wir uns an diesem Tag verabschiedeten, ließ Anna ihren Dildo bei mir, damit sie es weiter zu meinem Vergnügen ab und zu benutzen konnte. Am Abend im Bett versuchte ich es dann doch noch einmal bei mir. Dieses Mal stellte ich mir vor, wie Peer voller Wollust in mich eindrang und stöhnte. Ich schob, während ich die Bilder in meiner Fantasie sah, den Dildo in mir rein und raus. Da gefiel es mir schon besser.

Nach zwei Wochen kam Peer wieder in die Schule. Er war doch länger krank gewesen als erwartet. Umso mehr freute ich mich, ihn endlich wieder zu sehen. Ich begrüßte ihn mit strahlenden Augen, aber er blieb kühl. Erst dachte ich, wer weiß, was er hat. Er wird sich schon wieder fangen. Als er aber nach einer Weile immer noch abweisend war, fragte ich ihn in der Pause: „Was ist los mit dir? Du bist so komisch.". „Ich habe ja gedacht, dass du mich mal besuchst, wenn ich so lange krank bin." Sagte er. Er hatte recht und ich fühlte mich schuldig. „Entschuldige, aber ich war so beschäftigt…" „Ich weiß." Unterbrach er mich. „Du bist jetzt mit Anna zusammen, da hattest du natürlich keine Zeit mehr für deinen besten Freund." „Entschuldige Peer. Es tut mir leid. Geht es dir wieder gut?" „Das siehst du doch." Antwortete er kurz. Den ganzen Tag saßen wir im Unterricht stumm nebeneinander. Das war fast unerträglich, denn ich hatte mich wirklich so darauf gefreut, ihn wieder zu sehen. Aber ich verstand ihn auch. Am nächsten Tag fragte ich ihn, ob er Lust hat mit mir am Samstag was zu unternehmen. „Am Samstag erst?" Antwortete er. „Ja da hat Eva keine Zeit. Da könnten wir den ganzen Tag zusammen sein." „Auch so, da hat Eva keine Zeit. Ich weiß aber auch nicht, ob ich Zeit habe. Ich wollte mit ein paar Freunden zum Baden fahren." Tatsächlich fuhr er dann mit einigen Schulkameraden am Samstag an den See. Er fragte mich nicht, ob ich mitkommen will. Das taten nur die anderen, denn sie wussten ja, dass wir befreundet waren. Das reichte mir aber nicht. Also blieb ich allein zuhause. Selbstverständlich fielen auch die Aktionen unter der Schulbank aus. Er fasste mich nicht mehr an. Trotzdem wurde ich manchmal geil, wenn ich ihn so breitbeinig neben mir sitzen sah und auf die Beule in seiner Hose schaute. Auch wenn er vor mir lief, stellte ich mir manchmal vor, wie ich diesen kleinen geilen Po von ihm streichelte und er dabei wieder wild wurde. Als ich es dann doch mal bei ihm unter der Bank versuchte und meine Hand vorsichtig auf seinen Schenkel legte, sagte er: „Komm, lass das lieber. Das hat doch keinen Zweck." „Was meinst du? Was für einen Zweck?" Fragte ich verwundert. Aber er antwortete nicht darauf und schüttelte nur mit dem Kopf.

Bald hatte er einen neuen Freund, der zwei Klasse über uns in der Schule war. Es war derselbe, der mich damals zum ersten Mal zum Orgasmus gebracht hatte. Das heißt, ein richtiger Freund war es auch für Peer nicht. Ich sah, dass sie in der Schule nicht zusammen standen. Wahrscheinlich hatte er mit ihm die gleichen Treffen, die er damals schon mit mir haben wollte. Immer wenn er Peer sagte, dass er sich mit ihm treffen will, freute der sich darüber und lief zu ihm, auch wenn er sich vorher schon etwas anderes vorgenommen hatte. Dieser Junge blieb nach seinem Schulabschluss im Ort und sie trafen sich weiter.

Nach zwei Jahren näherte sich auch unsere Schulzeit dem Ende zu. Die Abschlussprüfungen hatten wir alle schon hinter uns und ich hatte mich auf der Agrarschule für ein Veterinärmedizinstudium beworben. Anna studierte in Leipzig an die UNI. Also hieße es für uns Abschied nehmen. Zwar wollten wir zusammen bleiben und eine Fernbeziehung führen aber eigentlich glaubten wir beide nicht so richtig daran, dass es funktionieren wird. Was Peer vorhatte, wusste ich nicht. Er redete mit niemand darüber. Eines Tages stand er plötzlich auf dem Schulhof neben mir und sprach mich an. „Ich würde dich gern am Wochenende zu mir einladen. Meine Eltern sind nicht da und wir könnten uns noch einmal richtig aussprechen, bevor wir uns ganz aus den Augen verlieren. Schließlich waren wir ja mal Freunde." Ich hatte damit nicht mehr gerechnet, aber ich freute mich sehr darüber. Obwohl ich mit Anna verabredet war, sagte ich zu und ihr ab. Diesmal wollte ich es nicht wieder versauen.

Am nächsten Tag stand ich vor seiner Wohnungstür. Mein Herz schlug mir vor Aufregung bis zum Hals. Mutig klingelte ich und Peer öffnete mir die Tür. Seine Eltern waren schon fort. „Komm, setz dich. Willst du ein Bier?" „Ja gern." Sagte ich. Er holte zwei Flaschen Bier aus dem Kühlschrank und wir stießen an. „Auf unsere Zukunft." Prostete ich ihm zu und sah, wie Peer keine Mine dabei verzog. Dann schaute er mich mit seinen treuen Hundeblick, den ich gut kannte und so vermisst hatte, an. „Ach Peer." Sagte ich und wir küssten uns. „Du bist mein bester Freund und das wird immer so bleiben." Sagte Peer aufgeregt. Und die Tränen liefen über sein hübsches Gesicht. Ich küsste sie fort und antwortete: „Es tut mir so leid, dass ich damals so ein Idiot war. Ich habe nicht verstanden, dass ich dir mit meinem Verhalten so wehgetan habe. Bitte entschuldige." Und dann kamen auch mir die Tränen. Wir umarmten und küssten uns und konnten uns nicht mehr voneinander trennen. Schnell zogen wir uns aus und rieben unsere nackten erregten Körper fest und wild aneinander. „Ich hab dich so vermisst." Sagte er. „Ich hatte so oft eine wahnsinnige Sehnsucht nach dir." Antwortete ich zurück. Und das machte uns noch ekstatischer. Schell drehte ich mich um und bückte mich. Komm, ich will dich wieder in mich spüren. Und er fuhr in mich rein. Bald darauf kam es ihm. „Hör bitte nicht auf" flehte ich ihn an und er macht einfach weiter. Ich unterstützte ihn mit aller Kraft und bewegte meinen Hintern so schnell ich es vermochten, vor und zurück. Langsam spürte ich, wie sein Glied in mir wieder hart wurde und Peer stöhnte: „Ich liebe dich so. Ich habe

dich die ganze Zeit geliebt." Rief er. Er ritt mich dann
mindesten einen halbe Stunde lang.

Als er fertig war, sagte ich „Und jetzt bin ich dran" Er strahlte
mich an und hockte sich hin. Seinen knackigen Hintern hob
er hoch und ich war schon völlig verrückt danach ihn jetzt
endlich wieder in Besitz zunehmen. Schnell fuhr ich in ihn
rein und er rief: „Oh ist das schön. Du bist wieder da." Mit
seinem Ritt in mir hatte er mich so überreizt, dass es zu seiner
Freude sehr lange dauerte bis mich dann ein Orgasmus
überwältigte. Erschöpft fielen wir zur Seite und wir sahen uns
glücklich in die Augen. „Peer ich möchte das unbedingt
weiter fortsetzen, aber ich brauch eine Pause." Er sah mich
liebevoll an: „Mache dir keine Gedanken. Wir tun heute alles
was du willst und so oft du willst." Danach aßen und tranken
wir etwas. Gestärkt liebten wir uns kurze Zeit später wieder
leidenschaftlich und nahmen nach und nach alle Stellungen
ein, die wir früher ausprobiert hatten. Aber irgendwann hilft
auch der beste Wille nicht mehr und die größte Lust dann
auch nicht. Wir brauchten eine größere Pause.

Wir kochten uns Spagetti mit Tomatensoße in der Küche.
Dabei wurden unsere Köpfe langsam wieder klarer. Peer war
ein Mensch, der am besten über unbequeme Sachen reden
konnte, wenn er sich nebenbei mit anderen Dingen
beschäftigte. Diese Eigenschaft nutzte ich schon damals,
wenn er mir etwas verschwieg oder nicht so richtig mit der
Sprache rauskam. Ich suchte dann eine Beschäftigung für uns
und schon wurde er dabei gesprächig und erzählte mir, was
ich wissen wollte. Das amüsierte mich damals schon, wie
einfach es doch war, alles aus ihm raus zu bekommen, wenn
man weiß wie. Aber dafür liebte ich ihn ja auch.

Das heutige gemeinsame Kochen in der Küche, wollte ich
deshalb nutzen, um mehr von seinen Plänen zu erfahren. Ich

fragte ihn, ob er sich immer noch mit diesen Jungen, mit dem er die letzten zwei Jahre zusammen war, trifft. „Ja." Sagte er. „Aber der bestellt mich sowieso nur zu sich, wenn er Lust hat, mich zu ficken." Ich erschrak. „Aber Peer, das ist doch Mist. Warum lässt du dir das gefallen?" „Na es ist eben doch geil, wenn wir zusammen sind, und ich kenne ja auch keinen anderen." „Und was hast du nach der Schule vor?" Fragte ich. „Eigentlich war es ja früher mein Ziel zu studieren, aber dann wäre ich nicht mehr hier und verliere auch noch den letzten Freund. Deshalb überlege ich im Ort eine Lehre als Maschinenschlosser anzutreten." „Du hast wirklich vor wegen diesen Jungen hierzubleiben und dir deine ganze Zukunft zu versauen?" Fragte ich ihn. „Ich weiß optimal ist das nicht und meine Eltern sind deswegen auch schon sauer auf mich." Antwortete er. „Liebst du ihn denn?" Fragte ich weiter. „Ich weiß nicht." Sagte er nachdenklich. „Eigentlich will er ja immer nur das eine und hat sonst keine Zeit für mich. Liebe? Ich glaube nicht, dass ich ihn liebe und er mich auch nicht. Obwohl er es immer sagt, aber nur beim Sex und der ist sehr gut, aber danach bin ich dann erst einmal für ihn abgeschrieben. Solange bis er erneut geil wird und sich wieder mit mir verabredet." „Dann halte an deinem Ziel, zu studieren fest. Du bist so ein toller junger Mann, du findest dort ganz sicher einen besseren Freund oder Freunde."
Dann fiel mir etwas ein: „Weißt du noch, wie wir damals immer von einem Bauernhof geträumt haben? „Ja, ein Bauernhof, das ist immer noch mein größter Wunsch." Bestätigte er. „Dann studiere doch mit mir zusammen auf der Agrarschule. Da sind noch Studienplätze frei." Sagte ich zu ihm. „Mit dir zusammen zu studieren, das wäre großartig." Antwortete er. „Und auch ich wäre glücklich darüber. Stell dir vor, wir beide zusammen auf einer Studentenbude." Sagte

ich. Er strahlte mich an. Plötzlich schaute er wieder traurig. „Aber wenn du dann eine neue Freundin hast, lässt du mich doch erneut alleine." „Peer, ich verspreche dir, dass ich dich nie mehr so hängen lasse wie damals. Wir werden immer die besten Freunde sein, aber du darfst dich nicht ärgern, wenn ich eine neue Freundin habe. Vielleicht findest du ja dort einen Freund, der sich ebenfalls nicht für Mädchen interessiert und nur mit dir zusammen sein will. Da kann es ja passieren, dass du dann auch nicht mehr so viel Zeit für mich hast. Vielleicht aber interessierst du dich doch mal für ein Mädchen. Ich liebe dich ja auch und kann trotzdem ebenfalls mit einem Mädchen glücklich sein. Aber egal, welchen Weg wir beschreiten, wir bleiben immer Freunde." Peers Gesicht hellte sich auf und er sagte: „Du hast recht, wir studieren zusammen auf der Agrarschule." Dann umarmten und küssten wir uns. Und hatten die ganze Nacht Zeit, unsere Freundschaft neu zu besiegeln. Es war keine wilde Nacht, sondern eine zärtliche und sinnliche. Wir unterhielten uns zwischendurch und schmiedeten viele gemeinsame Pläne, bis der Morgen graute.

***

Buchempfehlungen

Noah Fakier
Zeichenmappe „Der Liebesreigen" zum Buch Lust und
Emotionen

18 Erotische Zeichnungen über die wunderbare Vielfalt der Liebe. Die erste Zeichenmappe von Noah Fakier-Männer I hat mittlerweile auch schon international Beachtung gefunden und wurde zu einem Bestseller im BoD Verlag. Es ist anzunehmen, dass Der Liebesreigen mit seinen ausdruckstarken Zeichnungen, daran anknüpft. Die  Darstellung der körperlichen Liebe wird hier nicht pornographisch, aber in seiner ganzen aufregenden und natürlichen Schönheit dargestellt. Die Zeichnungen werden hochwertig auf 200g Papier im Brillantdruck und in einem Ringhefter für den deutschen Sammler angeboten. Eine Qualität die sich lohnt. Jede Zeichnung kann auch einzeln herausgetrennt werden. Dazu gibt es noch aus organisatorischen Gründen eine zweite Variante, hauptsächlich für den ausländischen Markt, auf 90g Papier im Brillantdruck in gebundener Form. Die natürlich auch in Deutschland erhältlich ist. Dahin gelangen sie indem sie auf Noah Fakier anklicken. Die beste Präsentation findest du auf: https://www.bod.de/buchshop/zeichen-mappe-sign-solution-der-liebesreigen-noah-fakier-9783749497690

Bilder aus der Zeichenmappe „Der Liebesreigen"
–Auszug-

Dr. Lutz Knoche

Human Traumata
Part I
Global Coming out

Das Buch, Traumata der Menschheit Teil I Trauma Sex", ist selbst für Dr. Lutz Knoche ein ganz besonders Buch. Seit Jahren beschäftigt er sich mit diesem Thema, das ihn auch in seiner praktischen Arbeit immer häufiger begegnete. Er führte dazu viele spektakuläre Recherchen und gezielte Interviews und Gruppendiskussionen durch, die in diesem

Buch Einzug gefunden haben. Es ist die überarbeitete Fassung des Buches „EROS 300.000 Jahre Evolutions-Geschichte"

Wenn man offen über Sex schreibt oder öffentlich spricht, haben die meisten Menschen schon ein schlechtes Gefühl dabei. Was ist denn eigentlich los? Warum sind die stärksten und schönsten Gefühle den Meisten so peinlich. Sie können uns doch viel Freude und Lebenskraft geben. Man spricht nicht darüber wegen der Moral? Was für eine Moral und wer hat sie gemacht? Müssen wir dieser folgen, auch wenn wir anders fühlen und denken? Wenn doch unsere Träume und Fantasien ganz anders aussehen? Wie ehrlich gehen wir damit um? Oder anders gefragt, warum belügen wir uns selbst? Um uns an die sogenannte Moral anzupassen? Warum wurde der Mensch in eine sexuelle Zwangsjacke gesteckt und schämt sich für seine ganz natürlichen Gefühle? Da stimmt doch etwas nicht. Immer mehr Scheidungen, Gewalt in der Ehe, dramatische Ereignisse durch Eifersucht und Beziehungsstress und vieles mehr, zeigen, dass sich grundsätzlich etwas ändern muss. Das Buch beantwortete diese Fragen und bringt den Lesern zum Nachdenken. Es kann der erste Schritt für eine neue, glückliche Zukunft sein.

In allen Buchläden erhältlich, auch als E- Book

ISBN: 9783753439693

Noah Fakier
Die geheimen Geschichten aus 1001 Nacht

mit 16 Zeichnungen Sie erzählen von Freundschaft, erotischen Abenteuer und Liebe zwischen Jünglingen und jungen Männern im Orient, wie sie damals schon üblich waren. Meist blieben sie im Verborgenen und man sprach nicht darüber, obwohl es alle wussten. Aber deshalb waren sie nicht minder leidenschaftlich und voller aufregender, glückseligmachender Erotik. Oft waren sie auch sehr romantisch, wie es im Orient

üblich war und von denen heute noch viele Liebesgedichte über die Liebe unter Männern aus diesen Zeiten berichten. Mit diesem Buch will der Autor an die weltbekannten Geschichten von 1001 Nacht anknüpfen. Die Liebe ist schon immer viel bunter und schöner gewesen als es die meisten heute glauben und so war es schon vor tausenden von Jahren. Diese Geschichten erzählen davon und führen dich dabei in die märchenhafte Welt des Orients. Wo Freundschaft, Liebe, romantische Homoerotik und heißblütige Bisexualität wie selbstverständlich miteinander verschmelzen. **Mittlerweile ein Bestseller** im BoD Verlag.

https://www.bod.de/buchshop/die-geheimen-geschichten-aus-1001-nacht-noah-fakier-9783750481732

ISBN-13:9783744809092. Erhältlich in allen Online Buchläden , auch als E- Book

Achtung die Präsentation bei Amazon ist falsch. Schon oft angemahnt aber Amazon reagiert nicht.

Zeichnungen aus dem Buch. „Die geheimen Geschichten
aus 1001 Nacht"- Auszug-

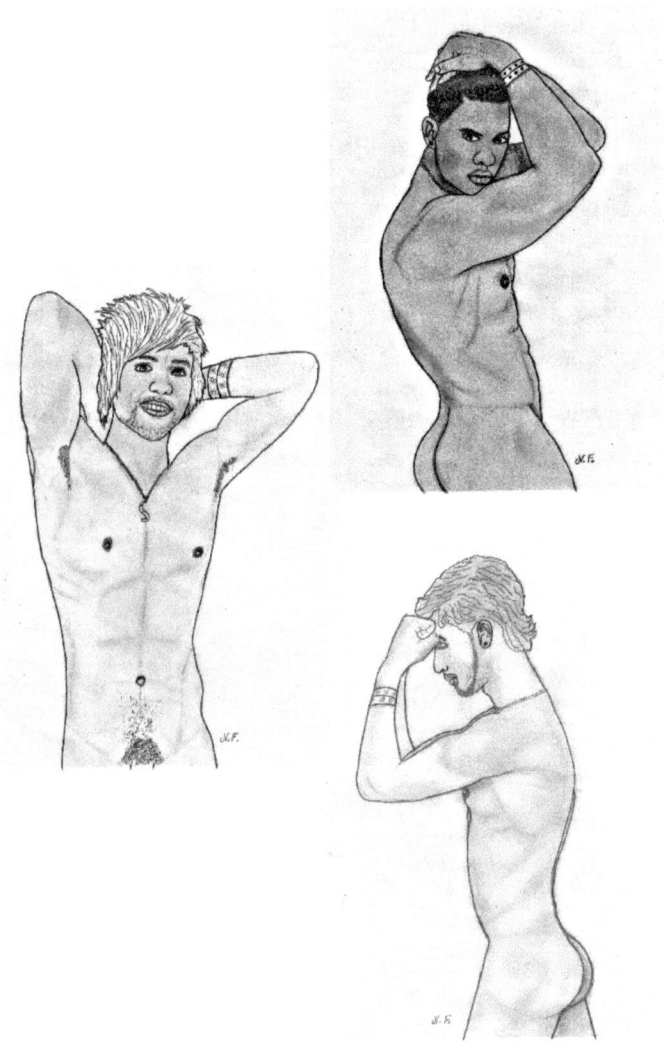

Noah Fakier
Die schönsten Männer Akte 2020 von Noah Fakier

Die neue Zeichenmappe ist da. Die Zeichnungen stammen
aus den Bücher „Die
geheimen Geschichten
aus 1001 Nacht." Teil I
und II
In diesen Buch sind
ausschließlich
Einzelportraits
ausgewählt wurden.
Für alle, die
Männerakte mögen.
Alle Zeichnungen
wurden auf der
Rückseite mit kleinen
Anekdoten aus den
Büchern beschrieben.

Als Zeichenmappe im A 4 Format und Brillantdruck
Erhältlich in allen Buchläden.
ISDN 9783751906081

-Auszug-
Bilder zum raustrennen, auch für den Bilderrahmen.
18 Geschenke für jeden nach seinen Geschmack

Dr. Lutz Knoche

Glück ist kein Zufall

Positives Denken allein reicht nicht

In diesem Buch erfahren Sie welche Gedanken, Gefühle und Handlungen, die bisher meist unerkannt blieben, Sie von der Erfüllung Ihrer Wünsche abhalten. Sie erfahren, wie Sie diese Gedanken und Gefühle ändern können und damit die Weichen zur Zielerfüllung stellen. Lesen sie wie sie ihre Wünsche richtig formulieren damit sie gehört werden.

Beschreiten sie unter Anleitung den Weg in eine neue Bewusstseinsebene. Lesen sie welche einfache Methode ihnen wirklich hilft ihr Ziel zu erreichen. Sie erfahren Schritt für Schritt was sie tun müssen damit ihre Wünsche wie Liebe, Glück, Gesundheit und Erfolg in Erfüllung gehen. Steige ein in die existenzielle Welt deines eigenen Ich's, wo Körper, Denken, Gefühle, Bewusstsein und universelles Bewusstsein eine Einheit bilden. Erstmalig wird in diesem Buch auch ein extrem wirksames „Gebet" vorgestellt, mit dem du noch schneller zum Erfolg kommst. In allen Buchläden erhältlich, auch als E- Book
ISBN: 9783752688665

Dr. Lutz Knoche

Die Bioenergetische Massage- Lehrvideo

Stress und traumatische Erlebnisse manifestieren sich auch körperlich. Es entstehen Energieblockaden. Blockaden, die unseren Körper erheblich schwächen können.

Das Video zeigt ihnen wie sie diese Störungen beheben oder das allgemeine Wohlbefinden erheblich steigern können. Zum privaten Gebrauch oder als professionelle Massageschulung geeignet.

Sie erhalten es ab Mai 2021 als CD. Dauer ca. 90 Minuten,

Preis: 29,95€

Bestellung und Bezahlung über pay pal

drlutzknoche@aol.com

FSC
www.fsc.org

MIX

Papier aus ver-
antwortungsvollen
Quellen
Paper from
responsible sources

FSC® C105338